Valsa das Flores

Alex Moreira Carvalho

Valsa das Flores

Copyright © 2022 Alex Moreira Carvalho
Valsa das Flores © Editora Reformatório

Editor:
Marcelo Nocelli

Revisão:
Natália Souza

Capa:
Jeyson de Sousa Paula

Imagem interna:
George Denison Andrade Pereira

Design e editoração eletrônica:
Karina Tenório

Dados Internacionais de Catalogação na Publicação (CIP)
Bibliotecária Juliana Farias Motta CRB7/5880

Carvalho, Alex Moreira
    Valsa das Flores / Alex Moreira Carvalho. – São Paulo: Reformatório, 2022.
    184 p.: il.; 14x21 cm.

    ISBN: 978-65-88091-57-9

    1. Contos brasileiros. I. Título.

C331v   CDD B869.3

Índice para catálogo sistemático:
1. Contos brasileiros
2. Literatura brasileira

Todos os direitos desta edição reservados à:

Editora Reformatório
www.reformatorio.com.br

Destino foi traiçoeiro
O outro primeiro e eu cheguei depois.

Teixeirinha

Já que é preciso aceitar a vida,
que seja então corajosamente.

Lygia Fagundes Telles

Para Ana Elisabeth Palmeira de Souza e Graciela Deri

Sumário

Laranja com beterraba, *11*

Benefícios, *14*

A chegada do homem à lua, *20*

O último show de Elis, *25*

Gal, *28*

1972/1982, *29*

Música Aristotélica, *33*

Contadora de histórias, *34*

A lei do pai, *37*

Cigarro, *40*

Epígrafe para "Meu pai", *44*

Meu pai, *45*

Cobras e gatos, *50*

O peso e o fio, *57*

Azáfama, *69*

Eles, *77*

Abigail, *80*

Dois corpos, *82*

Viagem ao Iraque, *91*

Deslumbrada, *96*

Rota da seda, *103*

Trégua, *110*

Tênue, *113*

Beleza, *123*

Sem nome, *128*

Posillipo, *134*

Bruxa, *143*

Perfil, *149*

* * *, *158*

Valsa das bonecas, *168*

O arrepio das palavras, *173*

Imagem e semelhança, *182*

Laranja com beterraba

Ela disse: quando eu morrer tu haverás de ser feliz. Olhei as palavras ditas na escuridão do quarto e não pude contrariá-las. Minha mãe raramente fora tão clara quanto naquele dia. Sua voz pertencia a outro mundo, embora nenhum de nós dois quiséssemos que assim fosse — para que outro mundo se já éramos nesse uns assombrados? Amávamos demais um ao outro. Eu cobiçava sua respiração quando ela aguava as plantas ou se fingia de morta para não me despertar antes da hora, qualquer hora. Eu queria ser sua inspiração e sua expiração. Seu fôlego. Não fosse assim eu não existiria. Quando operei a garganta pedi que ela fizesse de seus dedos baquetas a percutir na minha cabeça o ritmo da nossa presença. Depois, já de todo melhor, fiquei com o susto de perdê-la ao me perder — a operação não fora fácil — o susto trancado para sempre no meu peito. Foi quando comecei a entender que ninguém morre só. A morte nunca é solitária. Morremos sempre superpovoados. Estamos sempre amalgamados na hora de partir. Minha mãe, em outro raro ataque de claridade, me disse enquanto fazia as unhas dos meus pés: *nada* é uma palavra que não me dou conta; como posso esvaziar o horizonte que todo dia nos traz de volta? Em momentos desse porte, eu faiscava. Dava-lhe o braço e saíamos sem rumo, o fio da meada por se constituir. Minha mãe ensinou-me a síntese de todos os medos: o medo de perdê-la. Vê, ela cantava, se existe Deus ele está nos seus dedos que pingam colírio nos meus olhos. Eu via. Não Deus, que sempre me foi completo silêncio, mas a quentura do meu corpo enquanto eu alimentava sua visão. Ela sempre teve pavor de um dia não mais enxergar. Seu pavor era tal que se tornou meu. Então vasculhávamos caixas de papelão para delas retirar lembranças que só assim se faziam pelo nosso olhar. Como um diretor de cinema neorrealista, ela apenas apontava detalhes das fotos que eu devia atentar: um boné ou um livro que eu carregava; uma amiga que me enlaçava; um tio que me vinha dormir; um pássaro que riscou o céu quando o fotógrafo nos capturou. Eu que corresse o risco de interpretar todos os signos. Minha mãe não era afeita às ideias claras e distintas. Parecia caber na lógica insuspeitada das coisas que são. E acreditar que o melhor que uma mãe pode dar aos seus filhos é ensinar-lhes a prestar atenção ao que está posto e ao que poderia vir em seguida. Logo depois das sessões de fotos corria sempre a dizer: sigamos, pois, a melhor lição do passado é a de não o repetir. Eu então seguia: abria garrafas de vinho e começava a discutir com ela quais mudanças na nossa casa faríamos. Mudar os móveis, por exemplo, é mudar a nós mesmos, como ela sempre insinuava, a cabeça apontando para o centro da sala, falta uma mesinha com uma orquídea. Também me surpreendia com vontades que eu desconhecia, o riso miúdo diante da geladeira, como seria bom um suco de laranja com beterraba!

Benefícios

Meu pai teve seu pai durante um tempo bem maior do que foi possível ficar comigo. Tive-o numa porção menor, é certo. Mas como se mede o tempo? Segundos, minutos, horas, meses, anos, séculos? Meu pai não era adepto dessa ordem de medida. Ele me teve infinitamente, quase como se não fosse uma pessoa e sim uma explosão que não se consegue nomear ou a lua em estado de plenilúnio, toda cheia de si de tão clara. Ele era claro no seu desejo de me ter, desejo que se mostrava em atos, sobretudo quando fiquei maior — nunca considerou que alguém estivesse pronto depois da infância ou da adolescência. Dizia com brutal nobreza: só quando a morte chega é que podemos dizer: *pronto*. Mas antes, complementava, antes deve-se viver sem *quem sou eu*, que de ilusão já vive o padre — pensa que é algo firme, definitivo, representante de Deus, mas Deus é sempre o que se move. Meu pai não via nenhum paradoxo quando aliava eternidade e movimento. Mas não era um pensador profissional, não queria correr o risco de deixar a vida escorrer por entre seus dedos. Simplesmente seguia uma fluidez que poucos alcançam. Eu mesmo, filho do meio, ficava a ver navios quando ele séria e alegremente dizia que não é bom ter barba muito longa, pois se pode tropeçar nela, ou perguntava, de que adianta morar num castelo se não se pode sair dele? Às vezes seu olhar vagava buscando no céu qualquer coisa que nunca nele se fez. Mas não gostava de astrologia, sentia-se mutilado por interpretações que fechavam um sentido para o universo. Preferia então jogar xadrez, veja bem, argumentava, a lógica que se abre para o acaso — sem essa abertura não há jogo. Eu nunca aprendi xadrez. Era-me difícil entender sua fala. Mas ele ria de mim, quem disse que eu entendo tudo o que digo? E logo ia para o jardim, esquentar corpo e abrir um pedaço de terra para guardar estilhaços de vidro, não queria correr o risco de que o saco de lixo se rasgasse e ferisse as patas de cães e gatos. Quando meus irmãos se juntavam a nós, ele preferia o silêncio. Havia tanta conversa entre eles, e mais suas esposas e filhos, que meu pai se deixava ser esquecido esquecendo-os. Fechava os olhos e alguém interpretava seu gesto como cansaço. Mas não era. Diante das frases prontas que vinham da televisão e os clichês dos presentes em sua própria casa, fechar os olhos era um modo de aliviar o tédio. A família tediosa, eu chegava a ler em seu silêncio. Mas qual não será, perguntei-lhe um dia. Ele me respondeu obliquamente: não gosto de nenhum dos meus três netos, parecem calendários feitos com imagens de bichos perfeitos para que possamos tratá-los bem, nem a natureza é deixada em paz por quem quer a perfeição. Ria-me de tamanha franqueza, ao que ele me dizia: não se trata de franqueza, querido, mas de amor, eu amo a vida, a vida tal qual ela me toca. Comigo, meu pai foi imprescindível, ainda mais depois do meu casamento. Fez-me um filho quando eu não conseguia engravidar minha mulher. Morávamos com ele, eu um simples professor de pré-escola. Criou-nos na abundância das amêndoas e das uvas-passas. A criança era-nos uma estranha, como deve ser, disse meu pai, só assim nos surpreenderá. Não íamos aos circos, zoológicos ou cinemas de verão. Preferíamos gastar sapato atravessando a cidade e seus contornos ou ficar com água na boca quando diante de mímicos equilibristas no meio do trânsito. Minha mulher da casa pouco cuidava. Além de trabalhar como médica em um posto de saúde, cuidava do seu corpo para que eu nunca a cobiçasse do mesmo jeito. Ela também fora capturada. Deitava leite no jardim porque tinha a convicção que estilhaços de vidro não vivem só de sol e água. Também tinha pouca dó dos mendigos, pelo menos eles sabem o que somos, dizia. Às vezes corria a fechar cortinas quando o vento se fazia forte, só para vê-las esvoaçando, temos espirais dentro de casa! Criava também outras situações, como quando na cama comigo riscava-me todo de vogais antes de se entregar, adoro vogais! Também cantarolava melodias quase sem melodias quando fazia a barba do meu pai e em seguida fazia-lhe cócegas no rosto livre de pelos. Ele, então, caía de boca. Cantava com ela. Repetia-lhe o afago no rosto. Assim como ela, deixava-se levar. Eu quase sempre via tudo de longe, do meu pequeno escritório de professor onde cadernos de crianças me tomavam tão completamente quanto o que estava a ver. Meus alunos são da pá-virada: acreditam que *são* e que o futuro será exatamente o que são. É que eles têm pais distraídos. Ou doentes. Vejo-lhes os olhos assustados quando descobrem que seus filhos eventualmente querem mais do que são, alguns querem ser jias. Já fui acusado de ser um tio muito permissivo. Mas permissivo de até doer é quem ensina as crianças a chamar um professor de tio. Não ligo quando assim me chamam, mas também não estimulo. Ajo como padre sábio no confessionário, que tédio! Volto ao meu pai. Ele nem sempre me foi fácil. Quando eu cozinhava — minha mulher me dava essa honra, sinal de apreço —, quando cozinhava ele me pedia salada. Seu gosto variava. Podia ser grega, siciliana ou de couve-flor com abobrinha grelhada. Em todos os casos, acompanhava-me descascando cebolas, roxas ou brancas, além de elogiar meu corpo, você é bonito demais, filho, lembra uma mulher mediterrânea, sempre dois peixes nos olhos. Eu arrepiava-me na esperança de que ele fosse falar de minha mãe. Nunca falou, apenas insinuava sua presença aqui ou ali. Fotos dos dois juntos também não havia. Eu queria saber mais da mulher que só conheci por instinto e que não era mãe dos meus irmãos. Mediterrânea e com peixes nos olhos — era tudo que eu sabia dela. Só acalmei meu desejo de saber mais quando meu pai, diante do menino a brincar na sala, alcançou-me, ela fez por mim o que eu fiz por você: filhos. Nada perguntei. Foi quando deixei de achar a palavra *gratidão* feia. Relacionei-a com *benefício* e vibrei com a súbita constatação de que meu pai era minha mãe, assim como eu era sua mediterrânea. Comíamos então salada grega, a cebola bem cortada, o queijo feta à perfeição, o azeite a ensinar-nos que há gostosura em se fazer benefícios. Também não me era fácil ter meu pai enquanto meus outros dois irmãos não o tinham. Tê-lo por vezes me era forte demais, como se ele ainda vivesse na minha cama. Ele percebia. Ria-se de mim, filho, nunca disse que seria fácil, mas seria ainda pior se você estivesse a tentar jogar xadrez só com lógica. Na falta de competência para o jogo, aconselhava-me a ligar o computador e ouvir o que as pessoas dizem nos bate-papos, é assustador como o mundo é previsível, dizia ele antes de fechar-se no seu quarto para só sair sorridente e nu no dia seguinte. Eu demorava, mas logo o acompanhava — passei a sair nu e alegre do meu quarto. Fui tendo a sensação de que pouca gente vive tão bem com pai e mãe. Eles me deram esse benefício. Que eu devolvia mostrando-me nu. Ter um pai assim nem sempre é fácil, já disse. Mas quando vi, como num vislumbre, que suas falas eram atos a atingirem-me, aí fiquei mais livre. Enxerguei nós dois nas cebolas, no queijo feta, no jardim, na nudez, na minha mulher. Éramos dados. Um tipo de jogo que se programa, mas que não funciona sozinho — há sempre um humano a ensinar-lhe novas formas. Antes de deixar de tê-lo, meu pai e eu fizemos a barba juntos. Minha mulher nos aparava. E depois passou a mão nas nossas faces, um cheiro de lavanda se intrometendo entre nós. O menino, esse corria solto, indiferente aos afetos que presenciava. No velório andou mole, disse-me que parecia estar num filme, muitas imagens aparecendo e desaparecendo, nós, concluiu. Vi que estava começando a entender. Não seria fácil, mas ele já começava a ficar livre dos bate-papos. Disse-lhe que fosse beijar meu pai. Ele foi. E na brancura espantada de sua tez pude ver seu pai como nunca havia visto antes.

A chegada do homem à lua

Em vinte de julho de 1969 eu tinha onze anos e oito meses. Não era inocente, afinal nenhuma criança é. Mas também não atinava bem as coisas, sobretudo aquelas que eram palavras de uso diário, ditas para se referir às coisas que não eram palavras. A palavra *luxo*, por exemplo, não me cabia. Um vestido assim descrito por minha mãe ou minha irmã parecia muito, mas muito além do que aquela palavra gostaria de dizer. Sempre soube que elas, as palavras, gostariam de corresponder aos fragmentos do mundo: rosa, carro, menina, raso, perto, longe, rapaz e assim por diante, correspondência essa que faria tudo parecer perfeito, uno, imbatível. As palavras, afinal, venceriam o caos. Bastaria eu dizer *meu Deus* e já estaria curado, nesse e no outro mundo. Se pronunciasse *paz*, meu corpo não doeria mais, assim como não teria mais pesadelos. Mas as palavras apenas *gostariam* de tudo enformar. Na prática constante do mundo, na sua duração insuspeitada e vibrante, não cabe tamanha redução ao verbo. No princípio era o verbo, o padre me disse, assim meio desconfiado de que eu não acreditasse nas suas palavras. Acalmei-o, o senhor fique tranquilo, eu sei-me por sob suas ordens. E sabia mesmo. Não mentia, não roubava e não praticava sexo. Quando qualquer desses atos eu cometia, o silêncio que os acompanhava era tal que eu não tinha como trair os mandos do padre: a ausência de palavras permite reavivar o mundo. Não é fácil, eu sei. Sair do conforto de uma palavra — do sentido usual da palavra *conforto*, por exemplo — não é para os fracos. Aos onze anos e oito meses eu já me via tendo que lidar com o desconforto, ainda que não soubesse exatamente onde eu estava me metendo. A chegada da poesia me ajudou a viver no fio do impasse: a linguagem poética não se envergonha de ser mítica e, assim, ambígua, disforme, inútil e corrosiva. As palavras só se salvam quando se metem nos estados de poesia. É quando algo da vida nelas se intromete. Lembro quando meu pai tentou me explicar o motivo pelo qual todo ano voltava à sua cidade natal e percorria sempre os mesmos lugares — a casa que o viu quase morrer de tétano; a rua onde engraxava sapatos; a estação de rádio que virou seu primeiro emprego; a zona das putas. Ele, o pai, tentou, tentou, mas só me fez algum rabisco quando, já cansado, suspirou: a noite do passado é a mesma noite do presente, assim como a noite do ladrão é a mesma noite do poeta. Quase chorei ao ver

VALSA DAS FLORES 21

aquele homem de trinta e oito anos no esforço de se fazer pai para seu filho. Pai, se quer mesmo ser pai, poetiza, ainda que em prosa. As melhores histórias contadas por meu pai eram sem dúvida exercícios de ficção. A tia enlouquecida que dava para todos os amigos do tio, questão de alívio, como ela dizia; a vizinha metida com criação de cobras no banheiro da sua casa, num esforço árduo para fazer de si uma Cleópatra; o filho bastardo que meu avô nunca teve, mas que gostaria de ter tido; a mulher que se tornou minha mãe, que nunca deixaria meu pai, mas que passaria a vida inteira sonhando com o primeiro namorado que nunca existiu. A cada palavra que compunha essas narrativas meu pai sobrecarregava no tom, na velocidade, enfim nas artimanhas pelas quais elas iam sendo ditas e se constituíam num enredo. Eu me identificava. Desde o começo sabia que não eram as pessoas em si mesmas que eram a fonte de identificação. Não mesmo. As pessoas não eram pessoas, eram personagens ditadas pela maneira como meu pai as dispunham para mim. Eu me identificava com o ritmo com que um acontecimento era contado mais do que com a possibilidade de ele ter realmente acontecido. Fiava-me mais no tom de voz que fazia nascer uma mulher barbada do que na barba que ela porventura viesse a ter. Foi assim que passei a salvar as palavras de sua mediocridade cotidiana e a me salvar ao adentrar em suas formas poéticas. Mas se com a ajuda do meu pai, para mim foi fácil me salvar da rotina das palavras, vi, naquele dia, onze de julho de 1969, que tal salvação também poderia resultar em maldição; que, ao fabricar enredos, os homens se distanciavam de tal forma que toda a gente parecia caminhar para a destruição. Estávamos no sítio da família, ao lado de cães, galinhas e tanto outros componentes do enredo sítio. Na madrugada que fazia vir o onze de julho, ouvíamos o rádio a transmitir a chegada do homem à lua. Abraçava meu pai numa cama que via minha mãe adormecida. A transmissão não era boa, cheia de ruídos. Além disso, o vigia do sítio rodava em torno da casa, bicho tonto, embriagado das palavras que lia em voz altíssima e que reproduziam, com temor e vigor, passagens da Bíblia. Meu pai teve que aumentar o volume do rádio enquanto o velho senhor, de nome Chico, irradiava em cores o inferno que chegaria aos homens se eles se atrevessem a ter mais poder que o próprio Deus. Vi, então, a disputa. De um lado, o enredo norte-americano e poderoso contido na frase poetizada do astronauta Neil Armstrong: "Esse é um pequeno passo para o homem, mas um salto gigantesco para a humanidade. " Frase logo acompanhada por um franzir de testa de meu pai, mais chegado ao enredo composto pela cadela Laika e pelo astronauta soviético Yuri Gagarin. Do outro lado, Deus na sua versão mais infernal, aquela que pune quem se atreve ir além Dele mesmo, embora Ele tenha nos criado à sua imagem e semelhança. Dois enredos em colisão. Naquele dia, onze anos e oito meses de idade, eu iniciei a aprendizagem do perigo das coisas que salvam. O som do rádio e a voz do velho Chico entremeavam-se. Quase desisti dos perigos das narrativas, tantas e tantas em competição. Por um triz não voltei ao mundo dos tolos, mais banal, feito de palavras desprovidas de muitos sentidos, e por isso mesmo sem riscos. Meu pai, mais uma vez, fez-me sentir que o avesso das palavras, o silêncio, também faz parte da poesia. A ausência das palavras pode ser a ponte entre os homens, ele, pai, me disse sem nada dizer. Apenas abraçou-me e colocou-me encostado ao seu coração. Ouvi os seus batimentos cardíacos no compasso insuspeitado com a voz do velho Chico que bradava, Deus é Pai, Deus é Pai. O silêncio permite ouvirmos rimas inesperadas. Dias depois, vimos na televisão a chegada do homem à lua. Meu pai, em pé, bebia um copo d'água; eu interrompia a lição de matemática para me simular com os pés no satélite; o velho Chico, silencioso, abria os braços como que para agarrar aquilo que não compreendia.

O último show de Elis

Para Marco Antonio

Uma borboleta comum vive entre duas semanas e dois meses. A trança, feita com massa de pão ou com cabelo, dura muito menos. A existência das rosas, depois de cortadas e depositadas em vaso com água gelada, costuma ser de uma semana. O vinho colocado em um cálice e abraçado pela mão de um espírito ávido não mostra sua exuberância para além de quinze minutos. Menos tempo que têm as efêmeras que, quando ninfas, vivem de três semanas até três anos, e quando adultas não passam de dois dias ou apenas algumas horas. Já o bicho-da-seda, originário da China há cinco mil anos, morre desidratado depois de dez a dezesseis dias, justamente para que os homens fabriquem fios de seda. Gosto de medir o tempo das coisas. Numa época em que apresentações de *heavy metal* passam a compor programas para crianças dos estúdios Disney e o surrealismo aparece em anúncios televisivos definido como ausência de uso de cartão de crédito, o que fazer para sentir o pulsar implicante das coisas? Medir seus tempos, digo eu. Desde muito jovem sou uma mulher amante da vibração que a música pode nos dar. Cheguei mesmo a declarar para quem quisesse ouvir que *Trem Azul*, o último show de Elis, foi também uma das últimas peças de *heavy metal* jamais vistas. Tudo estava ali sintetizado pela voz que saía de si para se perder e se reencontrar de novo no acorde final de alguma canção. Dizem que Gal Costa se deixou levar por Janis Joplin para fundar o canto da Tropicália. Concordo. Mas foi Elis que conseguiu se deixar desidratar para nos dar de presente a pura festa da voz. Há quanto tempo ela nos deixou? Morre-se hoje pela ausência da medição da passagem do tempo. Sem medi-la, como sabermo-nos? Como diferenciarmo-nos dos deuses, que, eternos, irradiam apenas repetição? Lembro que, quando criança, morei em Berna e fiquei arrepiada com uma mudança de hábito impossível de se realizar no Brasil: a distribuição de presentes não era feita no dia de Natal e sim no primeiro dia do ano. Foi uma das minhas primeiras aprendizagens da natureza do tempo. Com os olhos de uns dez anos, achei muito mais bonito — bonito e não certo — muito mais bonito celebrar um ciclo quando ele realmente tem início, quero dizer, a cada ano que se inicia. Nunca esqueci essa primeira lição do tempo. Quando a emoção nos toma, sobretudo a emoção musical, a dispersão e a completude se dão as mãos como que a anunciar a passagem do tempo e sua inteireza enquanto momento bom, de dar gosto. O tempo apunhala na medida em que deixa marcas ao fincar uma espada no peito — não é à toa que os japoneses cometem haraquiri, um suicídio por esventramento; assim o fazem por gosto. Não se trata de captar o tempo pela razão; para isso já existem os relógios; o tempo vinga mesmo é quando somos tocados por uma Elis — uma kamikaze. Foi com ela que comecei a ficar ainda mais sensível ao tempo das coisas. Quando Elis morreu, dezenove de janeiro de 1982, percebi a força das coisas que precisam acontecer e passam. Mas deixam vestígios, se forem marcantes. Quando dou aulas e organizo a linha do tempo para meus alunos, faço questão de ressaltar que se não fossem os acontecimentos cruciais não haveria tempo — o tempo só se faz sentir quando algo nos emociona. E nos faz cair de quatro, pegá-lo com as mãos e levá-lo até os lábios para degustá-lo. A raiz do tempo é o sabor deixado pelo que foi, mas permanece e aparece quando a gente menos espera. A existência das rosas, depois de cortadas e depositadas em vaso com água gelada, costuma ser de uma semana. Mas as que foram jogadas no palco no fim do último show de Elis, essas não passarão.

Gal

O Teatro Tereza Raquel era mesmo uma espelunca. Mas foi propício: o show *Fa-tal* trazia Gal Costa mais gostosa do que nunca. (Acho que vi Darcy Ribeiro por lá, olhos nas pernas da baiana). E gostosura combina com ambiente descuidado o suficiente para permitir baseado à vontade, lágrimas de emoção, gritos de tesão e o próprio tesão ganhando vida em uma punheta. Juro que bati uma ali no meio da transa toda. E, certo como dois e dois são cinco, vi Gal gostando de me ver com o pau na mão.

1972/1982

Leão, hoje técnico, ou ex-técnico, é tido pela imprensa como arrogante. Em 1972, quando ainda era jogador, no Estádio Antônio Baena, Belém do Pará, o Palmeiras, seu time, enfrentou o Clube do Remo. A equipe local, junto com algumas outras de regiões esquecidas do país, inauguravam a participação das classes subalternas futebolísticas junto à elite desse esporte. Afinal, a ditadura era amante de uma rede nacional e, como Getúlio Vargas, dava alguns presentes para os pobres como forma de prevenir a revolta. Leão, então também goleiro da seleção brasileira, entrou em campo e logo se espantou com a quantidade de buracos que vicejavam naquilo que até pouco tempo antes deveria ter sido uma várzea. Viu os ratos que atravessavam a linha do gol? Talvez não, pois logo atravessou o campo e foi ao encontro do goleiro adversário, Dico. Aliás, o remista era duplamente adversário de Leão: naquele jogo em específico e na tabela de melhor goleiro do campeonato — um baixinho e desconhecido Dico era tido então como o número um pela revista *Placar*. Encontravam-se ali dois mundos distintos e em situação de disputa. Mas Leão se aproximou de Dico. Chegou-se e, depois de um abraço em câmara lenta, depositou nas mãos do adversário um par de luvas. Dizem que o palmeirense as trouxe da excursão que fez com a seleção brasileira pela Europa. De todo modo, ficou o gesto. Seguido pelo sorriso do então melhor e mais baixo goleiro do campeonato brasileiro. Dez anos depois, 1982, na Espanha, outro goleiro, Waldir Peres, que também havia conhecido o estádio Antônio Baena, em Belém, na condição de reserva de Sérgio, do São Paulo, levava um dos mais inusitados gols que uma seleção brasileira poderia tomar. *Frango* é a metáfora usada para representar o gesto que se passou. Contém algo de sexual nisso — afinal a bola passou por debaixo das suas pernas. Mario Vargas Llosa, naquele mesmo ano, 1982, ao comentar a Copa do Mundo, dizia, como quem saca algo de fenomenal, que o futebol é uma prática sexual. O escritor peruano chegou a descrever detalhes, entre os quais o que caracteriza o *frango* — a bola entre as pernas. Foi pouco sutil para um escritor. E deve ter despertado o ódio em Freud, que gostava de sexo, mas sempre para mantê-lo embaixo dos panos — coisa muito explícita não cabia na inteligência do inventor da Psicanálise, daí seu ódio pela Arte Moderna, preferia ficar brincando de um sutil papai, mamãe e filhinho com os renascentistas. Mas Mario Vargas Llosa, se não foi sutil como um escritor deve ser, também não tem que prestar satisfação à crítica literária: pode usar a metáfora que quiser para falar de futebol. Pode até criticar o goleiro da seleção brasileira. De fato, quase no fim da copa, quando o Brasil perdeu para a Itália, ele criticou Waldir Peres, muito baixinho, não cabe na posição de goleiro. O autor de *O herói discreto* não conheceu Dico, o herói baixinho da Amazônia, terra próxima do Peru. Seja lá como for, o fato é que houve vacilo do goleiro da seleção: gol da União Soviética, que deixaria de existir dali a nove anos, mas que até então ainda atormentava o mundo, entre outras coisas por bloquear o avanço da sociedade de mercado. O *frango* de Waldir Peres só não se tornou o fato mais marcante daquela partida porque o Brasil virou o jogo: ganhou por dois a um. E os vitoriosos sempre esquecem e fazem esquecer o sangue que derramam para aniquilar os derrotados. Mas o fato é que o gesto não passou despercebido de Leão. Fora da seleção, quando estava em plena forma, reduzido ao papel de comentador de televisão, o homem que, em 1972, presenteou com luvas os goleiros do Brasil, chamou a atenção para um prolongamento do gesto de tomar um *frango*: Waldir Peres, logo depois de sentir a bola passar entre suas pernas, esfrega as mãos uma na outra, como se estivesse a limpá-las ou a afagá-las, foi mal, já passou,

VALSA DAS FLORES 31

vamos seguir. Leão, então, afirma em rede nacional: ao dar uma mão à outra, ao limpá-las, Waldir Peres está dando as mãos para todos os goleiros do Brasil, vamos seguir.

* * *

As eleições de 1982 no Brasil foram o primeiro passo para a redemocratização do país.

Música Aristotélica

Para Marco Antonio

Em 1964 meu irmão nasceu. Foi batizado na Igreja Matriz de uma pequena cidade do interior de Minas. Eu estava lá, o padre a sapecar água benta naquela cabeça pequenina, ressaltada apenas por uns olhos perdidos de tudo, marca dos recém-nascidos. Os padrinhos, irmã e cunhado da mãe, formavam comigo o cordão que emoldurava a cena ritual. Eu, feliz de tudo: sete anos de diferença e a certeza de estar vendo também o nascimento da poesia, o tipo de arranjo que articula a verossimilhança das palavras, entre elas, a palavra irmão. Quem disse que em 1964 não houve verdadeiras revoluções? Ainda hoje escuto uma música do tempo de Aristóteles a vir do lado de fora da Igreja. Produzida em uma cítara, ela anuncia como todos viemos à existência e como seguimos adiante. Com meu irmão, desde então, me sinto Apolo, o Deus da música, a dedilhar seu companheiro, o instrumento, para deleite e inveja dos outros imortais.

Contadora de histórias

Minha avó e a lucidez:

— Irmão danado de ruim é o que eu tenho, me cultiva o desejo do homicídio toda vez que eu o vejo a cobiçar qualquer coisa que me pertence;

— Preferia ter tido pai alcoólatra do que o que me veio;

— Mãe só serve para enfiar a faca na cara das filhas, o ensino torto da inveja;

— Amigas — não tive uma que não valesse o meu desprezo, todas sonsas na hora de medir quem mais dissimulava diante dos homens.

Minha avó e os loucos:

— Minha irmã continua a se despir para ir à missa;

— O catador de lixo cata também o cheiro das coisas;

— A vizinha amarra o marido ao tacho de doce de laranja quando quer fazer amor;

— O padre come couve-flor com palitos;

— A moça rica e bonita foi para zona boêmia em busca de um noivo;

— A filha de Maria, quando no altar, solta um pum de forma a serenar o perfume insuportável das flores;

— A velha faz quentura toda vez que cruza as pernas diante da foto do marido;

— O motorista de ônibus olha os meninos de soslaio, os dois olhinhos na gangorra, vai e vem, vem e vai;

Minha avó e a escrita:

— Sem loucura e sem demônio um texto é só ilusão;

— Eu demorei, mas atingi as palavras;

— A maldade é a mãe da poesia;

— Robert Schumann, *Melancholie*;

— O menino que me fez de tola e que caiu nas minhas mãos com o corte no pé — abri a ferida o mais que pude, minhas mãos fazendo a vez de meus dentes;

— A moça rica que debochava dos meus decotes — tranquei-a no quarto junto com o velho babão que há tempos perdera o senso do ridículo;

— O homem da loja de brinquedos que, frouxo, não perdia a chance de zombar da minha irmã — enfiei-lhe taturanas nas calças;

— A médica pudica que não sabia como emitir a palavra *menstruação* — abri-lhe minhas pernas para que ela visse o que em nenhuma palavra cabe;

— O amolador de facas que, tímido, não me olhava —
peguei-o pelo pinto.

A última história que minha avó me contou:

Eu não gosto de anjos e santos porque são muito sem
graça, não contam nada de interessante. Uma vez vi um
homem nu ameaçando cortar o próprio pinto se a namorada não ficasse com ele — não é tão mais perto de
nós coisas assim, gestos largos de tão quentes, a mão, a
faca, o pinto.

No velório de minha avó vi que ela fora vestida com
a roupa colorida que guardou mais de vinte anos para só
estrear quando morta — sempre fez questão de elegância
no trato com os signos. Ela então, mesmo morta, ainda
estava a contar histórias.

A lei do pai

A sorte é aliada da morte, escreveu Roberto Bolãnos. Talvez. Diante do meu pai, lembrei outro escritor, Milton Hatoum, *procurar palavras é a sina do filho na presença do pai, mesmo se for da imagem...* Sorte, morte, pai e imagem se me amalgamaram rapidamente. Os escritores são foda. Lembram a todo instante de coisas básicas. A imagem que tenho de meu pai é forte. Um beijo na boca quando eu menina e a minha intuição inesperada de que seus lábios selariam minha vida. Não porque eu, uns doze anos, fosse por ele cobiçada como mulher, mas, melhor, por causa de ser desejada como filha: a única, a sadia, a aprendiz de tudo o que um homem da sua estirpe gostaria que fosse uma mulher. Mais do que minha mãe, ele desejava a mulher ávida, e, assim, irreversível no amor que ele me dava. Que eu desse para quem eu bem entendesse, era o caso. Ele até oferecia sua cama de casal, nas ausências de minha mãe, para que eu trepasse com quem bem eu quisesse, homens ou mulheres. O próprio

VALSA DAS FLORES 37

ato de doar sua cama era emblemático: fode, mas não se esqueça de mim. Meu pai era foda. Eu correspondia. Atiçava parceiros e parceiras e os levava para a cama sob o olhar dele, tão longe e tão perto de mim. Pai amoroso não fica tão longe de pai de propaganda, aquela espera de que a filha vai amar mais do que tudo o presente que ele deixou na mesa; logo depois de abrir o embrulho eu indo atrás dele, olhos de lince, eu te amo, pai! Quando eu quis ficar com uma menina ele saboreou-se. Eu também. Depois vigorei com um rapaz de olhos claros, timidez do caralho e pinto pronto para ser por mim treinado. Da porra. Fiquei grávida. Mas não casei, ou juntei, ou des-tratei o pai de minha cria. Respeito muitíssimo os pais. Mas não era da minha laia o garoto, não me lambuzava, só tinha beijos de quem prende, tu és minha — que coisa foda! Meu pai não era um escroto. Aprendi com ele a amar sem aprisionar. Juntei-me oito anos depois de ter tido meu filho. Um homem casado, mas e daí? Fizemos uma festa particular, churrascaria, que véu e grinalda não cabiam em nenhum de nós, meu homem, eu, e meu pai, sobretudo. Não quis ter mais filhos — mulher afina-da por pai escolhe. O negócio é amar. E isso eu aprendi com meu pai, homem da porra. Sempre me pareceu ter mais boceta do que minha mãe que, aliás, nem aparece no que conto; uma mulher de pinto gélido, cuidado filha, não dá para qualquer um, filha, embote-se, filha. Papai amava e ama minha mãe. Porque eu fui a mulher da sua vida. Aquela que ele fode quando trepa com minha mãe — foder é jogo de cena. Bem, cada um na vida se salva como pode. Freud assim o disse. E ele, o pai da Psicanálise, é um puta exemplo de vida: comeu a mulher, mas depois viveu pensando na outra, Anna, a filha. Dei minha única cria para ser cuidada por meu pai. Meu amante é muito fraco no trato com crianças, pensa que a função de um pai é ditar ordens. Eu, hein, nem pensar! Meu filho vai ser mesmo é trabalhado pela saliva do meu pai que, ávido, pode abrir nele as inusitadas possibilidades da vida. Que só se faz no dia a dia, no corpo a corpo, na língua. *Procurar palavras é a sina do filho na presença do pai, mesmo se for da imagem...* Eu as encontrei aqui nesse continho, Milton Hatoum.

Cigarro

Para Bruna Dantas

León Trotsky censurou Frida Kahlo: não é *bonito* uma mulher fumar. Mas ainda assim a seduziu — consta que lhe mandava cartas, nas quais a cobiçava, dentro de livros politicamente engajados com sua visão crítica do stalinismo. Estavam todos na *Casa Azul*, da pintora e de seu marido, Diego Rivera. Que também seduzia outras mulheres, inclusive a irmã de Frida. Pode ser que tudo tenha acontecido assim — quem garante que os documentários financiados pela televisão burguesa dizem a verdade? A verdade: talvez essa: a obsessão de Trotsky, que se permitiu ser julgado por um tribunal presidido por John Dewey, um liberal ilustrado, para provar que ainda preservara o ímpeto da democracia, sim, sim, Trotsky não era um totalitário. O intelectual marxista e revolucionário bolchevique descreveu o resultado como *justo* e *belo*. A justiça sempre esteve de mãos dadas com a beleza —

disso os gregos sabiam muito bem. É belo todo ato que, baseado no conhecimento verdadeiro, gera a prática do bem. Se é assim, como entender o julgamento de Trotsky de que não é bonito uma mulher fumar? Trata-se de um enunciado que também é ético-político? Parece que sim. Frida foi avaliada estética e moralmente. Mas tal avaliação não impediu o aparecimento do desejo amoroso: Trotsky quis Frida, apesar de saber que ambos eram casados. Se o russo entendesse mais do país que o abrigou na sua fuga de Stalin, o México, levaria em conta a contradição, sobre a qual ele entendia muito bem, e diria à Frida o que um mexicano diz para sua amada: não é *bonito* uma mulher fumar, mas te quero! Praticamente um bolero que, dizem, foi inventado no México. Claro que Trotsky expressou seu desejo nas cartas que entregava *sub-repticiamente* para Frida. Mas seu enunciado sobre o cigarro só falava de beleza e deixava sem discussão seus critérios de justeza. A tradição burguesa sempre assim o fez: cuidou de avaliar o comportamento feminino pela sua beleza, escondendo os critérios de verdade, sempre masculinos, que suportam sua noção de belo. Por que se quer esconder a verdade contida num comentário que opõe o belo e o feio? Frida nos deu uma pista: continuou fumando. Não dobrou seu desejo ao desejo de Trotsky. Fez do uso do cigarro uma denúncia da independência feminina, o que assusta, mas também atrai. Ele então teve de conviver com a pura contradição amorosa, aquela que se afigura na sistemática luta entre homens e mulheres e seus modos de dominação. Mas parece que Trotsky não tomou verdadeiramente para si a pergunta: por que uma mulher que se mostra feia no ato de fumar moveu meu desejo? Em outras palavras, como pode o desejo não se submeter aos meus critérios racionais de avaliação? O mentor, junto com Lenin, da revolução russa foi assassinado, a mando de Stalin, em 1940. Pouco tempo depois o cinema americano produziu os chamados filmes *noir*, repletos de *femme fatales* que faziam do cigarro uma de suas armas de sedução. Outras mulheres, nem tão *fatales*, também paralisavam e faziam morrer os homens. O ponto em comum: todas fumavam.

* * *

Em 1958, dezoito anos após o assassinato de Trostky, Irving Lerner dirigiu *Cilada Mortífera* (*Murder by Contract*). Um psicopata de aluguel não errava: matava quem precisava ser morto — recebia muito dinheiro e era eficaz o suficiente para não deixar rastro. Tudo ia bem até ele ser convocado para matar uma mulher. Ele chega a estar com a gravata na mão para assassiná-la enquanto ela toca piano e fuma. Mas não o faz. Seu sonho, revelado no início da película, era ganhar dinheiro o bastante para comprar uma casa e viver muito bem nela com sua namorada. Ele não só não consegue matar seu alvo como morre ao tentar fugir da polícia. Martin Scorsese, o cineasta, amou esse filme. Um macho a gozar diante do poder de uma mulher, personagem que, ao tocar piano e fumar, paralisa o matador? Ela era testemunha crucial para a condenação de um mafioso do qual tinha sido amante, razão suficiente para justificar seu assassinato. O anti-herói do filme *Cilada mortífera* sucumbe ao fato de que está diante de uma mulher. Ganharia, inclusive, conforme exigiu, mais do que o habitual para executá-la. Mas não consegue — ele nunca matou nenhuma mulher. Há algo de ético na vida desse psicopata. Mulher, não mato. E de sublime: uma admiração paralisante diante do feminino, tal qual Kant ficava diante da natureza. E essa veneração obsedante, contemplativa, produz beleza: sim, sim, é muito *bonito* uma mulher fumar. Mas no filme a beleza é regida por um desejo, o desejo de fazer de todas as mulheres a mulher da vida inteira.

Epígrafe para "Meu pai"

Eu vou cantar para você ver as minhas intenções (...) as vogais entrando por dentro da vogal seguinte, certas fusões, espero que não confusões, porque ela [a canção] tem um sotaque...

(Aldir Blanc)

Meu pai

Os rugidos, como todo rugido, são sons profundos, berros longos. Mas em meu pai só se pode adivinhá-los na emissão de certas palavras, *merda* e *coitados*, por exemplo. Palavras de uso cotidiano, mas, se ditas com ênfase, ainda que ênfase só adivinhada, modificam o sentido da vida diária. No frigir dos ovos o que move meu pai, o que lhe dá êxtase, é mesmo o dia a dia. O comum. Que ele transforma em cintilação. Quando ouve *Pour Elise* solavancada pelos caminhões que vendem botijões de gás, sai, feito uma gazela, a assobiar Beethoven com tal afinação que só se pode acreditar que a música romântica alemã é a clínica espiritual da modernidade. E esquecer, pelo menos por um tempo, do Nazismo. Foi assim que ele nos criou. Minha única irmã lembra que nosso pai ficava com o avental todo sujo de ovo quando o rádio da cozinha entoava Cláudia Barroso — *amar é mesmo assim, alguém tem que perder pra outro entrar no jogo* — e ele transformava a canção em revelação, bolero é o modo mais sincero que o homem inventou para dizer a verdade; se todos ouvissem boleros, adeus Psicanálise! Não entendíamos nada da invenção de Freud, mas sentíamos o calor pungente da voz paterna, mais grávida de sentido do que uma canção de ninar. Canções de ninar, aliás, ele visita. Prefere as cantadas e, assim, feitas de versos. Sopra a poesia de ninar com o auxílio das mãos, desenha no ar vogais que vão adentrando outras vogais, estabelece fusões, que não são confusões, entre as palavras. E tudo isso nos é um convite para entrarmos no estado de poesia. *Se essa rua fosse minha,* por exemplo, é mais lida do que cantada, e a ênfase sempre cai no *Se,* repetido duas vezes logo no início da canção — e, nesse caso, como dói adivinhar a força dada à partícula por meu pai. Sobretudo porque logo ele a ligava, no timbre e nos gestos das mãos, à palavra *solidão, nessa rua, nessa rua tem um bosque que se chama, que se chama solidão,* a entonação afetada pela palavra *solidão.* Ao realçar assim, com palavras em destaque, as coisas que nos cercam, meu pai nos traz, eu e minha irmã, para uma realidade toda feita de nexos insuspeitáveis; não fosse ele e seus atos de contador de casos e cantor de canções ao pé do fogão, o mundo seria muito chato. Receitas do que cozinha ele nunca nos dá, que não sou bobo, guardo-as como meus segredos, que ninguém comigo poderá competir no jogo do que apetece. Sabemos que ele escreve poesia no livro de receitas mais usado, mas nunca interrompemos os momentos em que nosso pai tem que rebolar tanto para mexer a panela como para decidir qual palavra usar num novo verso. Não publica nada, nem nos mostra uma pequena estrofe porque afirma que homem nenhum entenderia sua escrita e que, se algum dia decidir mostrá-la, será sob o pseudônimo de uma mulher. O lirismo de meu pai, eu bem sei, sem nunca o ter lido, é da ordem da atenção às coisas mais do que às palavras. O caso da palavra jiboia: assusta mais do que a espécie de cobra que denota; quando as palavras viram metáfora, fodeu-se o mundo. Com meu pai os tais nexos insuspeitados se ampliam, não se trata de revelar eventos sobrenaturais escondidos no cotidiano, mas de voltar ao mundo como ele se nos apresenta, você já notou como são serelepes as jias? Quando volta do trabalho meu pai conta histórias, que, não fosse a natureza do seu relato, seriam apenas banais. Escutamos então a dor de barriga que acometeu um colega e que só sossegou quando uma vela acessa e a imagem de uma santa foi introduzida no banheiro. Ou o caso da moça que só toma banho no emprego, um jeito de gozar sossegada a experiência da água em busca dos orifícios do corpo. Já bem maiores perguntamos para meu pai como era ficar do trabalho para casa, da casa para o trabalho, a mãe muitas vezes perdida para nós três entre telefonemas esquivos e sobrecarga de serviço para garantir decentemente nossa casa, como ela sempre se decretava quando o convite era para um frango com quiabo reinventado pelo pai com anis estrelado. Ele deu de ombros, tenho meus sais, e gosto de ficar de resguardo, quando ela volta meu desejo está mais aflorado, desejo de menino — os calores acumulados são mesmo uns ais; além disso tenho meus segredos, às vezes nem eu me dou conta deles, viver sem segredos sempre me pareceu um horror. Uma vez ouvi meu pai na explicação para seu irmão, meu tio, mulher minha é assim mesmo, não consegue se controlar, precisa de outros homens aos seus pés para depois contar para todas as amigas, mesa de bar, contar aventuras que muitas vezes parecem mais adoçantes do que açúcar mascavo; depois ela volta e vem viver outra vez ao meu lado. Já faz um tempo que fui à missa com meu pai. Ele comentou sobre o perfume que outros homens estavam usando, forte demais, sedução sem discrição, sem tato. Também notou as mulheres divorciadas, o olhar de cobiça explícito e elegante ao mesmo tempo, veja que imagens lindas essas mulheres produzem em seus corpos, o andar altivo, porém precavido; os anéis com um reluzir suficientemente medido para não competir com a luz de Deus; pernas torneadas que pedem mais do que exigem; olhos de vaca como se estivéssemos na Índia e não em uma igreja católica brasileira. Depois da missa meu pai me levou para tomar sorvete. Leu uma carta de minha mãe, mais uma vez longe, e selou nossa conversa com palavras que me foram definitivas, a cintilação das coisas está nelas mesmas, basta mudar o jeito habitual de vê-las, percebê-las, deixar de amarrá-las em desejos imbecis, como o desejo de fidelidade — as mulheres bem sabem o quanto ser fiel é missão impossível; não suporto sua mãe quando ela convive demasiadamente conosco, e sei que ela também odeia se restringir a um romance familiar — ela só cintila na sua liberdade de nos abandonar, o que para mim é um alívio; não se pode manter o amor quando se lhe corta a liberdade, no caso minha e de sua mãe — seríamos um casal moldado pelo que se rotula de família, mas e a vida, a vida nela mesma? Gosto do que faço — e quem pode assim se afirmar? Gosto mesmo e peço que nunca me tirem minhas panelas! Só quero ficar mexendo com a colher de pau o tacho de goiabada; será que alguns homens nunca perceberão que a maior felicidade de suas mulheres ocorre quando eles somem? Fui fisgada de tal maneira por essas palavras que tento desde então fazer corresponder o que eu falo e o que penso. Ainda soam as panelas manuseadas pelo pai, e, assim, não me é nada difícil acreditar que ele ainda anda por aqui.

Cobras e gatos

Uma casa quase toda feita de silêncios. Nela aprendi a desconfiar das palavras. Vez ou outra elas vinham, mas sozinhas não se bastavam. Precisavam sempre da companhia uma da outra para pelo menos produzir um efeito. Mas só um pequeno efeito. A ambiguidade nunca era dissipada, o avesso de um sentido sempre estava à espreita. O casamento entre palavras era como o casamento entre pessoas: mais loucura do que lucidez. Assim, a palavra *doença* rimava tanto com *morte* como com *amor*; *cético* com *Deus* e com *mulher*. Além de não se sustentarem sozinhas, elas muitas vezes eram acompanhadas de reticências. As palavras seriam todas analfabetas não fossem as reticências. Pois são elas, três pontinhos quase a piscar ou uma entoação que lhes é própria, que incluem o silêncio nos atos da fala e da escrita. E com ele o pensamento. É como se o sinal gráfico ou a entoação nos dissesse: agora se virem, não sei mais o que lhes dizer... Minha amiga de infância sabia melhor do que eu descrever essa passagem do silêncio para o pensamento. Diante de uma cena violenta — seu cachorro morto com um tiro na cabeça, por exemplo — ela parava, lágrimas nos olhos, e intuía algo pela primeira vez. No caso, disse: agora vejo melhor e sei que minha casa está sempre em chamas... Quase pude tocar a polissemia cravada na junção das palavras *casa* e *chamas* e as reticências no seu papel de nos tirar os pés do chão. Ela morava na mesma vila que eu. Todos os dias nos dávamos — foi com ela que desde cedo aprendi a tortuosidade das palavras. Mas tudo ficou mais forte quando fizemos 15 anos. Sua casa viu seu pai desaparecer, sua mãe ser internada num hospício e ela sem mais ninguém, nem o cão. Casa em chamas, veio morar comigo. Minha mãe logo abrigou minha amiga, ficou por ela responsável. Talvez o medo de que a loucura de todas as mães fincasse morada na nossa casa tenha sido a chave para a tomada de tal decisão. Dividir maternidade entre duas filhas alivia. Ninguém reclamou tal posse: nem os seus parentes mais próximos, nem os longínquos. Sequer um cachorro enviaram para consolar a órfã. Mamãe de fato radiou. Abraçou minha amiga, colocou-a no meu quarto e só disse: quinze anos, as duas. O resto foi silêncio, como quase tudo naquela casa. Papai ainda quis ensaiar uma preocupação: mãe louca... Mas ficou nas reticências. Ninguém na minha casa juntou a palavra *Deus* com outras que descrevessem o ocorrido com minha amiga. Talvez porque já sabíamos que a letra divina se presta, ela também, à múltiplas interpretações. E não era hora para desvarios. Há horas em que uma mãe é simplesmente pragmática. Logo descobri que minha amiga seria útil não só para minha mãe como também para meu pai: na maior parte do tempo eles poderiam continuar silenciosos. E não apenas porque queriam estar fora das obrigações de apresentar o mundo sem mistificações para uma mocinha de quinze anos, mas também porque queriam me ensinar a força do silêncio. E do pensamento. Que é sempre perigoso, como afirmou minha amiga logo que se viu responsável por me dar a mão e caminhar comigo no jogo de decifração que é estar no mundo — um dos sentidos da palavra *pedagogo* não alia caminhar e ensinar? Minha amiga elaborou uma imagem de meus pais: eles vivem apenas no palco, não há intervalos entre um ato e outro e, sobretudo, entre um dia e outro de apresentação da peça — a arte não imita a vida, nos protege dela. Como toda imagem, essa também poderia ser lida de várias maneiras. Mas também cabia como uma luva para dar uma ideia do que se passava. Eu logo imaginei que estava não apenas em uma casa, mas em duas: a de meus pais e a de nós duas, eu e minha amiga. Foi assim que comecei a intuir o duplo: duas casas numa só, duas meninas numa só, como vim a saber ao dividir o quarto com a amiga e cada vez mais também irmã. Ela cobriu-me com a duplicidade do mundo. Com ela descobri chocolates escondidos entre os livros de meu pai e a necessidade do corpo para estarmos felizes. Também surpreendi saídas de minha mãe para a perda de dinheiro na mesa de jogo e o tamanho que a palavra *jogo* tem nas nossas vidas. O garoto que entregava água vimos cada vez mais arrumado e cheiroso, como convém a um michê — um dos modos que pessoas usam para subir na vida. Nossa cozinheira, negra e gorda e com uma capacidade de ficar em silêncio da grandeza de seu corpo, foi-nos revelação das práticas de submissão. Enfim, eu e minha amiga aceitávamos o convite das reticências e púnhamos a ligar alhos e bugalhos. Há elos entre coisas completamente diferentes. Cada vez mais eu sentia que meus pais não sabiam educar-me sem imbecilizar-me. Não seguiam a regra tida como de ouro que preconiza que criança é trouxa: que bonitinho, que fofinho, que danadinho; repete, coisinha linda. As palavras em diminutivos são o exemplo mais contundente de que os adultos não suportam meninos ou meninas. Não sabem o que fazer com eles. Daí torcerem as palavras, limpando-as de todo duplo sentido. O processo pelo qual pais ensinam crianças a falar pode ser descrito por uma palavra: higienização. Mas, como sempre, ela tem mais de um sentido: a *limpeza* das palavras é uma extensão da *limpeza* da bunda, entre outras partes do corpo da criança. Alguns dizem que é preciso ser simples e direto para que os menores nos entendam. Psicologia barata só faz estragos. Só quem nunca viu uma criança chorando de raiva porque não pode comer um bolo do qual nunca gostou é que pode abraçá-la. Se a língua é nossa pátria é injusto tratá-la tão miseravelmente, despindo-a de toda variação que ela é. Foi o trabalho de escritor, que sempre diz muito mais do que parece, que meus pais deixaram para minha amiga e, com o andar da carruagem, para mim. Lembro que ainda com quinze anos fomos à festa de coroação de Nossa Senhora, evento típico de uma cidade do interior (morávamos em uma cidade pequenininha). Não estávamos fascinadas pelo que foi armado diante da igreja: um tablado e duas escadas laterais de madeira que levavam até o ponto mais alto da armação onde, claro, estava Nossa Senhora vestida de luxo, pronta a fazer sua coroa brilhar tanto quanto sua manta. Crianças vestidas de anjo, suando mais do que nunca (era verão), estavam quase chegando lá, os cabelos de gente morta da Santa já se envaideciam, como se ainda estivessem no corpo de gente viva, quando minha amiga cortou a cena: que saco! Já vimos isso várias vezes, daqui a um minuto o povo vai rezar uma ladainha, o padre vai entoar toda a Salve Rainha e graça mesmo só a das crianças descendo as escadas como se estivessem descendo num escorrega bunda (os mesmos riscos) e se desfazendo das asas de papel crepom, ih, que merda ser anjo! Vamos para debaixo do tablado, vislumbrei coisas por ali. Fomos. Um radialista transmitia a festa com a voz sacra que, aliás, todo radialista quer ter. Entre um comentário e outro, a pausa para tomar a pinga, no gargalo mesmo. Seus auxiliares bebiam menos, mas trocavam todas as formas de fumo — o ambiente parecia mais sagrado que o palco onde estava nossa Mãe, ela também dada a um silêncio. Marias-locutores, uma versão das Marias-chuteiras, se amontoavam entre os profissionais da Rádio Clube da cidade. Foi neste momento que vimos como eram bem tratadas: eles se davam os braços para fazer uma roda onde duas meninas agachadas mijavam. Minha amiga, em tom didático, irradiou a cena: se tem Nossa Senhora do Bom Parto existe também Nossa Senhora do Bom Mijo. Antes de sairmos a voz do radialista descuidado (o microfone aberto), com alguma microfonia, ainda ressoou: trabalhar com adultos é moleza, todos parecem chapados; foda mesmo é trabalhar com crianças e com loucos. Ele pareceu estar certo, pois ninguém na praça municipal deu bola para o comentário — todos chapados? Voltamos para casa com a impressão de que vale a pena olhar o que existe debaixo do pano. Meus pais, que não iam à igreja desde que um padre foi pego transando com uma fiel na sacristia, sorriram quando dissemos onde realmente estávamos na festa. Seus planos estavam sendo realizados. Diziam, sem o dizer, a gente dá conta do silêncio, vocês das descobertas, que é uma merda antecipar aventuras, tira a graça da coisa. Se eles não sabiam como explicar as ambiguidades das coisas, confiavam na nossa capacidade de vê-las. Pais do caralho, não? Foi o que perguntei à minha amiga tempos depois, a palavra *caralho* já comportando vários usos. Elástica. Nós também. A elasticidade subitamente rápida das cobras, mas também a elasticidade inesperadamente lenta dos gatos.

O peso e o fio

1. Tratos à bola

Lygia Fagundes Telles fez uma de suas personagens dizer: a voz de Maria Bethânia é como um licor quente. Eu acrescentaria: quente e leve, a leveza do licor tornando-o penetrante. Quanto mais as coisas parecem aéreas, mais profundas são. A palavra *alma* me remete sempre às borboletas. No que elas têm de frágil e fugaz. A suavidade de seus voos amalgama delicadeza e brevidade. Não é mesmo uma mistura explosiva, assim como quente e leve, a Bethânia? Lygia plagiou Maria Bethânia, claro. Precisou, para compor uma personagem, imitá-la no que ela tem de licor quente. E depois, como sempre, passou a ser comandada pela personagem. Todo artista é um plagiador. Eu também, sem dúvida. Não ampliei a irmã de Caetano Veloso tornando-a licor *quente* e *leve*, só para compor uma imagem que dá início a uma narrativa? Mas não se engane, menina. Nós, autores, ao mimetizar, criamos.

Roubamos uma cena de um texto, uma firula de Drummond, por exemplo, e a modificamos de tal forma que ela serve aos nossos propósitos e não mais aos de quem imitamos o texto. Veja bem, plagiamos textos e não autores, que deles, carne e osso, nada sabemos. Prefiro nunca os conhecer pessoalmente. Já pensou conviver, ainda que só por alguns segundos, com Ariano Suassuna e sua rabugice nacionalista? Ou com Manuel de Barros e sua paciência bovina? E Deus, o Criador de todos os criadores? Bem, a ele sempre fui apresentado pelos artistas. Mas de tantas formas diferentes que me confundo até hoje. Alguns escritores encaram-no como criança birrenta que, em pleno processo de adestramento do corpo, chupa o dedo de novo só para contrariar. Um Deus implicante. Outros apostam que se trata de um jogador de dados e os dados somos nós, sorte lançada — no que vai dar? Há também um criador meio perverso, tanto oferece campos e vales, homens e mulheres, quanto nos proíbe de desfrutá-los. Outro age como um mineiro das Minas Gerais, sempre em cima do muro, haja pinga para tomar uma posição e com ela não se comprometer! Numa linha mais historicamente situada, Deus planeja a bela Suíça e lá coloca um Partido Nazista, o bem e o mal imiscuídos em pleno século 21. Há também a figura de Carlitos que, como um além do Homem, abre mil estradas por onde ir, mas só nos permite viver nelas numa pobreza que dá pena. Deus é uma sinuca de bico, dizem ainda diferentes escritores, sem mais. E, para compactuar com a sombria ciência contemporânea, também escrevemos que Deus é bipolar, altos e baixos. Devemos acreditar, afinal os manuais de psiquiatria querem ser divinos! Contra todos esses deuses capengas, sempre na corda bamba, bailarinas em pleno salto mortal, há os que dizem, e gastam muitas palavras para dizê-lo, que o criador está por aqui mesmo, que vive entre os seios das freiras e das meretrizes, às voltas com os santos e os indigentes, que, enfim, é uma questão de tatear: escrevê-lo é senti-lo onde se vislumbra beleza no meio da aspereza humana. A beleza desse Deus cotidiano é epifânica. Surge como quando na escrita algo irrompe e dizemos: eureca, achei Deus! Que, na verdade, significa: encontrei uma personagem! Nenhuma promessa de felicidade tem a ver com Deus, ainda dizem os crentes na sua incomunicabilidade, pelo menos na sua incomunicabilidade racional. A única felicidade é a que Deus nos deu: amá-lo sobre todas as coisas. E pronto. Eu não sei o que fazer com tantas versões de Deus, menina. Talvez apenas acreditar que ele é inimitável. Que, como um grande autor, pode nos oferecer pitadas de beleza, aquelas encontradas nas mais diferentes escrituras atribuídas a ele, para que com elas possamos dar forma a uma matéria que não é outra coisa senão palavras, palavras, palavras. Se eu sou Deus é porque reinvento o conto na medida que copio Lygia, assim como a escritora paulista copiou Bethânia. Dizem que há uma fartura literária e uma economia de histórias dadas pelo Pai eterno. Que ele nos permite escrever sem limites, divinamente. Mas reduziu a 32 o número de histórias que podem ser contadas. Com um Deus assim tão dadivoso e frugal o que sobra para nós, escritores? Imitá-lo, sim, mas imitá-lo mudando o jeito de dizer as coisas. Contar todas as 32 histórias do mundo, mas de uma outra forma. O que é um perigo para o próprio Deus: ao nos permitir dar forma corre o risco que tudo destruamos, inclusive ele. Não vou discutir esse ponto, não o alcanço. Mas ouça bem o que te digo, menina: a forma destrói o conteúdo. Como a guerra elimina a inocência. Ou o sexo a finitude. Tudo meio assim como a borboleta faz desaparecer a lagarta. Aliás, a palavra borboleta significa também beleza. Há beleza na destruição, me acredite. Sobrou então para nós, escritores, criar beleza, uma espécie de magia que cintila no sotaque que cada escritor põe na sua escrita. Por isso nós, os artistas, nos damos as mãos. Copiamos uns aos outros para podermos, no próprio momento da cópia, ir além. Posso imitar Degas, mas ressaltar um músculo da bailarina que lhe passou despercebido. O bailado não é mais o mesmo, um detalhe o transformou em outra coisa. Como se alguém pintasse de negro o rosto de Cristo. Você, menina, já viu Jesus menino, na manjedoura, brilhando feito um negro da Bahia? Ou a Virgem Maria de bustiê? Se você for artista, verá. Podem ser apenas 32 histórias que Deus nos deu, mas podemos contá-las de diferentes ângulos, de diversos prismas e assim tudo pode mudar. Se eu contasse em terceira pessoa a narrativa que estou lhe contando você acreditaria mais nela? Truque. Esse é um dos truques do artista: deixar que uma voz onisciente e onipotente decida o destino de tudo que se passa na sua escrita. Tem gente que prefere, pois trata-se de um recurso que aproxima o autor de Deus: eles, autor e Deus, sabem do que estão falando! Mas não sei se o próprio Deus gosta de alguém o imitando como se ele fosse um tirano. Já disse que de Deus só me valho da sua suposta dádiva de criar formas. De todo modo, me previno, escrevo na primeira pessoa, só para me livrar da possível ira divina. Posso me justificar: minha culpa, minha culpa, minha máxima culpa. Por ter escrito o que escrevi. Vou ser perdoado? Me apoio em Santo Agostinho de Hipona: para que houvesse um início o Homem foi criado. Hoje dizemos: para que houvessem vários inícios homens e mulheres foram criados. Espero convencê-lo, oh, Deus! (E haja exclamação para falar exatamente do que não se sabe e assim capturar o leitor). Escrevo ao Deus dará. Modifico suas 32 histórias para que tudo seja um recomeço. Só assim acredito nele, faço dele um Deus dadivoso. Como explicar essa minha estranha, meticulosa e árdua vocação de escritor? E, me-

VALSA DAS FLORES 61

nina, vocação é chamado, nos lembra Lygia Fagundes Telles, sempre ela. Como explicar o chamado? Sustentando-o quando ele se transforma em ato. O músculo insuspeito da bailarina. A ereção não vislumbrada por Riobaldo. O acordar de pernas abertas numa Belém violenta e pensar que se é uma cuia. Comer Filé à Camões e saber que o nome do prato, com um só ovo, decorreu do fato de o escritor português ter perdido um olho numa batalha com os mouros. Adicionar leveza à quentura do licor. Só assim sabemos com quantos paus se faz uma narrativa, menina. E elas se multiplicam, às vezes em uma só Pessoa. Quando cria formas o escritor pode ser até o Diabo, com a anuência de Deus. Se eu continuar por esse caminho posso também dizer que Deus criou à sua imagem e semelhança a tragédia, não os homens. É ela, carne viva, a forma de que somos feitos. Mais do que sonhos, somos pesadelos. Mas não quero ir tão longe. Quem tudo pensa dominar não dorme bem. Ronca. Menina, acredite em Deus como acredito na literatura: com dúvidas. E compaixão. É o que peço dos meus leitores. Compaixão. O gato dependurado no varal. A rã decepada. Mas também a flor no asfalto. Ou a voz dissonante: não pula, não. Fazemos de tudo para que os leitores nos acreditem. A literatura é um ato de confiança, ainda que muitas vezes tênue. O primeiro mijo de um bebê. O menino que bate uma punheta. O adolescente que peida. O adulto que manda o Diabo carregar o inimigo, depois me viro com Deus. Que, aliás, gosta de cantar. Pelo menos é o que parece, já que seu filho pregou com uma voz sibilante, melódica. Melodias vibrantes, é bom dizer, das mais ternas às mais raivosas. Algo como um cantante que sabe variar da música sacra ao *heavy metal*. Jesus com os nervos à flor da pele, entende, menina? Mais uma vez parece que o imitamos. Cantamos também. E novamente o colocamos em risco: podemos, ao cantar, modificar as 32 histórias que ele nos deu.

2. Eunice Kathleen Waymon

Você conhece Nina Simone? A cantora negra americana também plagiou. Seu nome de batismo era Eunice Kathleen Waymon. Criou-se artisticamente como Nina, do espanhol menina, e Simone, para homenagear a atriz e guerrilheira francesa Simone Signoret. Quando plagiam, os artistas sabem em quem se mirar. Dizem que Nina era bipolar. Bipolares, como já disse, estão sempre entre a apatia e a euforia. Como se fossem cavalos que precisam da corrida exasperante para, no final, lidar com a mão do cavaleiro a gozar em suas crinas. E depois ficarem a ver navios — você já focou os olhos de um cavalo abandonado, menina? Outra imagem do bipolar: criança diante do espelho a rir de seu corpo, passando as mãos por ele como se estivesse em estado de graça, só para logo depois furar os olhos que são reflexos dos seus e ficar danada de si: como pode de meus olhos não sangrarem se já quebrei o espelho? Nina Simone é como toda e qualquer boa ficção. Um peso grande suspenso por um fio no limite de sua elasticidade. O peso pode ser levantando se puxamos o cordão suavemente. Mas se o puxar for brusco, o fio se rompe. O peso e o fio. Questão de tato para manejá-los. Sobretudo na escrita e, mais ainda, na leitura. Talvez por falta de tato muito se diz de um bom livro: é só ficção! Não se desvaloriza a literatura ao se falar assim. Ao contrário. O que se mostra nesse ato de fala é o medo que lhe temos, como se a cada instante da escrita ou da leitura estivéssemos a ponto de puxar bruscamente o fio e o peso cair. O insustentável peso do ser então se faz: para onde ir? Se a literatura não o diz, tem coragem de fazer a pergunta. A ficção é sonho (e o pesadelo é um sonho radical). Mas sonho sem banda sonora. A erosão, causada pelo vento e pela água, que se torna fascinante porque ampliada pelo silêncio. Você, menina, já teve sonhos mudos? São sublimes. A Avó que ganha a vida embalando balas. E que, na ausência de dinheiro para comprá-las, deixa seus netos passarem a língua na guloseima uma vez, só uma vez, antes de embrulhá-las. O beijo na boca dado pelos romanos em suas mulheres, só para sabê-las ausência de vinho. E tudo que Dionísio pode com elas fazer. O ato sexual em pleno desenvolvimento iluminado pelas velas que meninos romanos seguravam. Só para admirá-lo. E apreendê-lo múltiplo. Variado. A solidez das coisas que foram criadas por partículas das estrelas que, por sua vez, envolvem a terra numa mudez desconcertante. Luciano Pavarotti a recolher pregos soltos no palco antes de fazer da sua voz uma iluminação. Apenas para que a sorte o acompanhe. Os artistas contam com a sorte. A fortuna. Os intervalos dos fados emitidos por Amália Rodrigues. Ou Mariza e António Zambujo. Música composta de sonhos mudos. Nina Simone, então. Você já lhe emprestou os ouvidos, menina? O mundo suspenso por um fio — e o fio aqui é a literatura sob a forma de canção. Por exemplo, *My Sweet Lord*, a canção que George Harrison fez em 1971. Já escutou? Não? Trata-se de um subproduto ampliado de sua adesão à espiritualidade Hare Krishna. Na canção, o ex-Beatle fala de um Deus doce que, aliás, parece mais com o barbudo entre nuvens que a iconografia do cristianismo nos apresenta do que com Krishna. Por isso a canção é uma ampliação: mistura Hare Krishna com Aleluia e vamos todos embalados por um mantra que só não ficou definitivamente espiritual na história da música Pop porque logo se fez saber que a melodia era um plágio de *He's so fine*, sucesso no ano de 1962. Não condeno Harrison, artista pode plagiar. Mais ainda inocente ele fica se lembramos que a canção estava contida num álbum, *All things must pass*, que era, ao mesmo tempo doce (Sweet, Sweet) e raivoso — George destilava ressentimento contra John Lennon e Paul MacCartney, acusando-os de reduzi-lo a subnitrato de pó de peido nos Beatles. Ou seja, Harrison estava no seu melhor momento. Até hoje os críticos, sobretudo aqueles que foram ficando enojados de tanta babação por Deus, seja ele de que árvore espiritual for, assim o dizem: as canções do agora CD continuam muito boas. O que eles não dizem é que o inglês metido com Krishna — mais uma forma de colonização, uma espécie de mistura da Índia com Lady Di, diríamos agora —, o que não se diz é que ele estava no melhor momento porque se revelava como todo artista se revela: bipolar, doce e exasperado, licor leve e penetrante, cavalo a ver navios e embalado — como Liverpool pode ter parido dois filhos da puta tão filhos da puta, Lennon e MacCartney? O álbum triplo era a prova de que Harrison fora sacaneado. Reprimido. Mas o reprimido sempre retorna. E então: fodam-se vocês dois, ou melhor, vocês quatro, pois que o ressentido coloca tudo o que tem à disposição para destilar ódio. No caso a vingança foi fácil. Bastava incluir uma americana branquela e insossa às voltas com a aprendizagem de como tocar um pianinho infantil (e logo soube-se que ele lhe seria para sempre inalcançável) e uma japonesa mandona e com cara de irmã dos irmãos Metralha (e logo se soube que era mesmo). Enfim, um monte de merda na condição de esposas adocicadas por seus parceiros. Contra todos um mantra que aliava anos de exploração da Índia — Aleluia, Hare Krishna, Aleluia — e rancores tipicamente ocidentais. Harrison fora claro: Paul e John (e suas respectivas parceiras) vivem em um mundo material. Fodam-se, pois. Voltemos à Nina Simone. Até porque falei em exploração. Então é bom colocar o continente africano nessa história. Questão de justiça. A cantora americana, em 1971, recantou *My Sweet Lord*, acompanhada por um coro de soldados negros prestes a ir para a Guerra do Vietnã. Sua reinvenção durou 18 minutos e 43 segundos. E se revelou a nata da bipolaridade: depois de tantas Aleluias, Simone recita um poema de David Nelson que diz que Deus é um assassino, *todo mundo está procurando por Você, Deus, onde Você está? Hoje você é um assassino.* Depois desse ressentimento-vômito remetido a Deus, a gravação de Harrison virou um pastiche, um clichê, um manual de boas maneiras feito para meninas vitorianas numa Inglaterra já inglória. Artista de mente forte, Nina Simone mentiu bonito, mentiu realmente, mentiu ao fazer só música, essa coisa inútil, sem correspondência nenhuma com a vida de verdade, e que por isso mesmo pode reinventá-la, como assim o fez com a canção plágio. Só a bipolaridade artística, menina, é capaz de insinuar dois polos numa mesma palavra como fez Nina ao cantar: Deus!?

3. A menina

Sobretudo negra. Como Milton Nascimento, nunca se sentiu discriminada, embora já com 17 anos. Avessa à literatura. Preferia suco de uva. E biquínis amarelos. Até que viu um filme de Hong Sang-Soo. E depois todos. Calou-se. Algum tempo. Depois passou para o vinho. E para os sonhos de grandeza. Queria porque queria saber o motivo pelo qual o diretor coreano usava e abusava de silêncios, em tomadas que duravam, duravam mais que demais. Os tais planos-sequência, veio logo a saber pelo Google. Foi fisgada pela imagem que parece não ter fim. Classe média, passou a ser classe máxima. Aquela que desconfia de si mesma. E se rende — cadê a vida? Logo percebeu que a pergunta era inexata. Melhor seria: cadê a poesia? Indagação meio insone, sem nexo. Melhor ainda seria dizer: sem porquê. Veio-me gentil e raivosa, os loucos não seriam melhores do que os poetas? Deu-me a chave para a bipolaridade. Poética, mais do que psiquiátrica. Ou psicológica. A descoberta, talvez, de que Deus não é edipiano. Nem os artistas. Frágeis, são o que são. Veio-me assim deslavada. Sem alma. Ou pelo menos sem a alma que se contenta em ser fixidez, ausência de plano-sequência. Disse-me tudo isso com uma só pergunta: por que você, menino, escreve?

Azáfama

Não vendo alianças que não possam ser recicladas. Questão de respeito pelo cliente. Normalmente são homens, todos aflitos, muito aflitos. Uma palavra aqui, outra acolá, e entre elas receios: ais inconscientes, mas que não se deixam desligar — vou dar conta, ó Deus? Tenho simpatia. Dar conta do amor é tarefa das mais alucinantes, tipo cair de boca em uma cereja e se deixar levar por ela. O inesperado do seu sabor — podemos sentir doçura ou acidez — esse imprevisível é a certeza de que estamos diante do fruto permitido. Associada aos samurais, que viam nas suas flores, das mais belas que a natureza já produziu, uma vida tão efêmera quando a deles, a cereja previne doenças do coração, mas sem enganar ninguém — vamos todos morrer. O que é uma vida sem amor de braço dado com a morte? Quando miram as alianças os clientes pedem-me de empréstimo meus olhos. Vamos indo de olhos dados a perscrutar os objetos ainda ausentes de dedos e fantasias. Há um ditado persa que revela como alguém mostra a verdadeira intensidade do olhar: "Tinha dois olhos e pediu mais dois emprestados. " Comovo-me com minha prática de doar meus olhos para deixá-los aninharem-se em uma intensidade que, não fossem os compradores, em mim seria apenas lembrança. Ativo minha memória com a amizade fluida de quem precisa de minha ajuda para produzir beleza. Quando é o caso — há sempre os mais delicados, os que desejam observar as coisas sem precipitação — quando é esse o caso, apago as luzes da loja. Espalho velas acesas por entre as fileiras de porta-alianças. Ambientes à luz de velas são opacos. Fazem-nos ver melhor o que deixou de ser visto por conta de habituada luminosidade. Só quando o mundo escurece é que damos valor à luz. Acostumados à opacidade, os mais delicados não reclamam. Muitos passam as mãos nos objetos para dar-lhes movimento, fluidez — vai brilhar mais se eu traço uma curva com o anel? A mão a fabricar novas maneiras de olhar. Cuido de não atrapalhar. Sei que, sem controle — os delicados são incontroláveis — sem rédeas eles vão esvoaçar ao redor dos anéis de casamento. Como uma borboleta ávida esvoaça em torno de uma vela para vê-la melhor. Visão que lhe sai cara: ela logo incendeia. Mas nada falo do perigo de querer tudo ver. Não sou desmancha-prazeres, muito menos religiosa a projetar infernos sem nunca antes tê-los habitado. Prefiro seguir vendendo os desejos que não têm cura. Aqueles amores azáfamas que, na pressa e ardor de execução, se atropelam e se guiam pelos atropelamentos que são. Quero dizer: gosto de gente viva. Minha idade me faz ver que, quando está para se apagar, a chama de uma vela aumenta de intensidade. Coisa que deve deixar a morte assustada — como os homens são confiados! Ela não parece saber que corresponde ao maior desejo de todos nós: o desejo de companhia. A morte nos é sempre parceria. Anda conosco de mãos dadas. Aliança assim desmente o jogo de cena atuado por alguns filósofos quando afirmam que estamos sempre sozinhos. Deus pode nos abandonar — não me abandone, ó Pai! Mas a morte não. Nunca nos deixa sós. Fascina-me ser guiada por Kali, deusa hindu que abraça morte e sexualidade — só mesmo uma mulher para acreditar na vida como ela é! Os homens acreditam na solidão. Eles precisam de uma mulher que lhes empreste os olhos para que possam ver outra mulher — os olhos das mães foram se tornando hábitos, por costume ou por vergonha. Mesmo os mais delicados já se assombrearam — onde, mãe? Só ais inconscientes permanecem dando o que falar, vou dar conta? Não revelo de imediato o que acontece para se contar com o amor. Como uma mãe que se desdobra em cuidados, mas que se esconde do filho quando sente alguma dor, cuido dos meus clientes com pudor. Para que eles comprem as alianças com vigor. Forneço o leite e o gato faminto a se afogar no pires. Vez ou outra me fazem perguntas que dizem da confiança que sobrou para mim. Um moço magrelinho, cabelos eriçados, me indagou: pode-se perceber o cheiro da maconha no canto de John Lennon? Pode-se, sim, respondi contente. Basta prestar atenção na sua voz quando ela se põe acalantada — é quando Lennon diz o que aprendeu com a bossa nova, ainda que inconscientemente, que é como aprendemos todos os ais. Outro rapaz, mais velho poucos anos que o primeiro, me chegou tão esfomeado que não tive dúvidas quando ele me perguntou se deveria desejar sua noiva como uma puta. Antes de saber que o desejo era dela, respondi que sim, claro que sim, o sonho de uma mulher é sagrado. Ele aliviou-se, o olhar nas alianças procurando uma forma de alimentar legalmente a prostituição que ele frequentava, mas desconhecia. Homens mais velhos, quando me procuram, em geral estão cansados de putas. E das mulheres para casar — umas pedintes! Fico com pena e ter pena não é amar, me disse um deles. Gastam horas assistindo filmes pornô, para preservar a saúde física e psíquica, até que encontram uma agulha no palheiro — mulheres fortes, que se alimentam de reza e sexo como se estivessem tomando um copo d'água. Kalis, talvez. Um desses homens assim tomados por essas deusas um dia me pegou de jeito — você acha certo aliançar o orgasmo com a morte? Nem precisei perguntar para saber que fora sua noiva a fazer tal aliança. Disse-lhe de modo direto: quando está para se apagar a chama da vela aumenta de intensidade. Não surtiu efeito. São poucos os homens sensíveis à poetagem. Trate-os então como crianças, o que não é difícil: eles realmente o são. Foi o que fiz: apaguei as luzes e acendi velas. Segurei sua mão e fiz-lhe apreender uma aliança, que soltou um brilho indescritível. Ele entendeu. Agora sim, ele disse, agora vejo, além do refulgir da aliança, a morte em um canto aparando unhas como quem vive da espera. Há também os homens de cinema. São mais frágeis do que os já frágeis amantes na tela grande. Um deles, com a certeza que lhe dava as películas, me perguntou o que assistir para que pudesse ser parecido com sua mulher. Ainda explicou: é que sou um homem moderno. Dei-lhe uma resposta um pouco longa, às vezes precisamos alongar a fala. Fui bem sincera. Nunca vou ver um filme para me reconhecer na tela. Não me cabe tamanha solidão, eu e eu. Vou ao cinema para encontrar outras pessoas — boas, más, indecisas, não importa. E com elas me esbaldar. Ele sacou. Comprou a aliança que antes detestara. Fiquei feliz, bem feliz. Perguntar não ofende. Pode até deixar a gente com uma felicidade do cão. Ainda lembro do homem de bengala que me fez a interpelação mais difícil de responder. Nunca mais fui a mesma depois daquele rosto de olhos murchos, cabelos grisalhos, sapatos de quinta e piteira —

ô dona, você também vende afrodisíacos? Claro que eu sabia do uso de estimulantes sexuais os mais diversos, das pílulas às massagens orientais. Mas me peguei cabisbaixa: como uma casa de alianças não vende também todas as formas de ampliação do sonho do casamento? Agradeci ao senhor com uma exclamação: boa ideia! Caso o cliente precise tenho desde então, ao lado dos porta-alianças, porta-excitantes. De quando em vez me vejo envolvida com questões de cunho religioso. O mocinho de rosto amanteigado e cabelo fio de mel queria saber se deixar alianças ao lado de santos seria uma forma de garantir um matrimônio. Achei graça no uso feito da palavra matrimônio por um jovem tão jovem. Fui direta. Quem vai casar é você. Nada de fazer inveja aos santos. A igreja já vai estar abarrotada deles, em geral para lembrar das dores do mundo, do casamento inclusive. Portanto, esqueça-os. Pelo menos lembre-se que não é bom ter imagens de santos sofrendo dentro de casa, seja ela casa da aliança ou outra qualquer. Por isso não os tenho aqui. Mas você pode louvá-los no que eles têm de melhor: seus superpoderes. São José voava para grande número de pessoas durante as missas que celebrava. Precursor dos efeitos especiais é o que ele era. Cristina de Astonishing venceu a morte pelo menos uma vez. Morreu de infarto aos 20 anos e voltou à vida para rezar pelos pecadores, só voltando a morrer aos 74 anos. Mas já era uma feminista, todas nós mulheres achamo-nos indestrutíveis. Talvez por isso nunca tenha sido canonizada — o Vaticano é misógino. São Padre Pio podia estar em mais de um lugar ao mesmo tempo, além de levitar. Não é tudo o que queremos na vida, inclusive no casamento: ao mesmo tempo rezar, conversar e ir andando pelo mundo? Botar a fila para andar? São Vicente Ferrer, com o sinal da cruz sobre o cadáver, trazia os mortos de volta para a vida. Quem não quer esticar a estada por aqui? Santa Catarina de Alexandria, que fora princesa no Egito, tinha um tal poder de persuasão que os descrentes sucumbiam à sua palavra. Quisera eu! O Santo mais pop de todos, São Francisco de Assis, falava com os animais, antecipando o ambientalismo que boa parte do mundo agora profere. São Policarpo várias vezes fora preso a uma estaca em um estádio romano. Em seguida ateavam-lhe fogo. Nunca queimou. Não é bom ser assim imune? Santa Catarina de Siena ficou 19 anos se alimentando apenas de eucaristia. Morreu aos 33. Talvez seja a melhor indicação para padroeira das nutricionistas e dos obesos. São Denis segurou a própria cabeça por um inimigo decepada e continuou a pregar por dez quilômetros. Só então morreu. Para mim Denis é uma antecipação dos estudos que dizem que o corpo, e não só a cabeça, pensa. São João, o último apóstolo a morrer, era imune a óleo fervente. Mais um caso de resistência à extinção. O rosto amanteigado do moço já estava

VALSA DAS FLORES 75

em brasa quando concluí: todos jogavam para a plateia. E antes que ele fosse fisgado pelas pitadas de ironias que fui salpicando no relato dos santos, avisei: o importante é que eles são poderosos, ainda que meio bobos — para que tanta exibição, ô, pai? São os santos da virada, da força. Arrematei minha fala: casar requer superpoderes. Logo vi meu cliente a escolher um anel que de tão grande parecia o que usa Max Cavalera, o herói que andou no Sepultura.

Eles

Ele me é afável. Olha-me estrabicamente, mas, sei, me alcança. Também eu desvio meu olhar do seu para melhor abarcá-lo. Então usamos algumas poucas palavras no que elas têm de mais vívido: a entoação. Ele as coloca em frases melódicas que, se dispensam instrumentos musicais, muito se colorem dos ritmos próprios de quem fala com afago. Diz-me frases que me adocicam, sem, no entanto, me anularem. Tipo: o que me trazes é o interior pintado de um prato branco. Ou: como Maomé, que cortou um pedaço de sua própria túnica para não acordar um gato que nela se alojara, tu me escolhes músicas e esperas que eu as escute no silêncio de nós dois. Sempre foi assim. Músicas enviadas inicialmente por *e-mail* ou *face* ou *whatsapp* e depois gravadas em fitas cassetes que ainda encontro não sei onde. As fitas asseguram-nos o despojamento e a intensidade não compartilhados com mais ninguém. Foi assim que me fiz, sem o saber, rendição. Coloco entre nós canções brasileiras que me foram cuidados com os quais meu pai me embalava. E outras mais recentes que costumo encontrar fuçando na *internet*. Músicas de Ellen Oléria ou Mahmundi, por exemplo. Caio de pé ao escutar cada nova canção. Submeto-me como quando da primeira ejaculação: fico sem rumo, sem rédeas, sem, inclusive, o alívio de meu sêmen servir para concretizar alguma fantasia. Tontura e ausência de direção. A memória de meu pai e de nossas canções só sobrevivem assim, descompromissadas de sinceras intenções. Apenas colo. Um pai assim despojado depois de ausente fica mais vívido. Como acontece também com as boas canções. Destacados ficam. Comento assim de meu pai nos intervalos entre uma música e outra, quando meu amigo afável mira minhas mãos e entoa a falta de marcas do tempo. Ele sorri e quase sempre me mostra fotos de um menino pleno de espinhas, cravos e inchaços. E prossegue:

Cai a lua, caem as plêiades e
É meia-noite, o tempo passa e
Eu só, aqui deitada, desejante.

Ou recita outros poemas de Safo, sua poetisa de cabeceira. Depois olha-me sem me olhar e faz a pergunta que sempre volta entre nós dois: qual o segredo do som-poema? Ele a faz como se estivéssemos escutando a palavra *poema* pousada no grave mais bonito do mundo: João Gilberto, claro, certo. Mas, já disse, não somos de muito falar. Fazemos das canções nossas suficiências. Fechamos então os olhos na tentativa vã de reencontrar o disparo melodioso e sem rédeas da primeira ejaculação. É a prova de que podemos amar mesmo aquilo que não entendemos.

Abigail

Sou homem. Enredo-me ao fazer perguntas que sempre me traem: um chato. Mas ele sempre preferiu, ao invés de respondê-las, acolchoar-me ao seu lado e fazermo-nos assistir novelas venezuelanas ou mexicanas. Na prateleira de livros onde fica também a televisão vejo meus livros de ciência exata a acompanharem mais um capítulo da guerreira Abigail que, entre loucura e paixão, luta obstinadamente para se manter intensa. No fundo, e ele suspira nessas horas, no fundo o melodrama é tudo. Ou tudo é melodrama, penso agora, sem ter coragem para lhe dizer — sou homem, não disse? Deixo-o ao sabor das mulheres. Ele sempre as preferiu. Come com gosto cada imagem de traição, dor e superação que a pobre protagonista vive. Olho-o obliquamente, a ponta da inveja crua e boa no meu rabo de olho — algo estranho já se faz em mim. Quisera eu ser Abigail! Ou Rosalinda, Verônica, Marimar, Maria Mercedes, Salomé. Mesmo Rubi, que só quer enriquecer, eu quero ser quando estou ao seu lado e ele me surpreende ao armar uma lágrima e deixá-la cair. Ele sabe que a realidade bruta está na ficção mais barata. Eu é que ainda não sei. Ou não sabia.

Dois corpos

Sou uma prostituta gorda. Só por isso posso contar uma história. Não, estou a me enganar, embora realmente meu tamanho tenha sido minha salvação. Mas não basta ser grande para poder traçar umas linhas e dizer algo que valha a pena ser lido. Além de gorducha, sei escrever e ler como ninguém. Na escola, para compensar o excesso de peso, pegava pesado no estudo. Mas essa é a parte banal da minha vida, corriqueira por demais. Ser aluna aplicada é fácil, basta decorar, repetir, redizer — de pequenos burocratas o mundo está cheio. Mas comigo se passou diferente. Começou quando a professora me pediu uma redação. Eu quis escrever bonito, feito as lições da cartilha. Mas a menina que sentava ao meu lado era mais aliciante do que as belas frases do livro. Ela era má, pura e simplesmente. Não era comigo. Mas com a tia, meu Deus! Tacava giz, régua, caderno e até fogo na professora miúda. Que não se desviava, deixava tudo acontecer sem um pio. Fiquei pasma, sem entender nada de

82 *Alex Moreira Carvalho*

nada. Então escrevi a redação para correr atrás do prejuízo — eu achava prejuízo a gente não entender nada de nada. Não sei se compreendi muita coisa, só tinha oito anos. Mas sei que me ficou o gosto por uma escrita que vive de perseguir coisas que nos são muito próximas. Eu lembro que, mais que a professora, eu queria estar com a menina má, tê-la sempre ao meu lado como se fossemos uma só no corpo a corpo de nós duas — éramos vizinhas, já disse. Com ela era como se eu estivesse na igreja a colocar hóstia goela adentro na esperança de que o corpo de Cristo se salvasse ao me salvar. Aquele negócio de manter o Cristo vivo, ele que morreu por todos, inclusive aqueles que o crucificaram. Sou fascinada por eles, os que mataram o filho de Deus. São personagens pequenas, falhas, como era minha amiga de sala, mas sem elas como olhar para os lances da vida? Alguém sabe alguma coisa sobre o soldado romano que pregou Cristo na cruz? Sobre aquele que o açoitou? Preciso sabê-los porque senão eu me distraio com a riqueza e o poder dos reis e perco minha própria história, eu que sou prostituta. Um dia vou imaginar como eles eram e escrever, mesmo que eu tenha que fazer muitas tentativas. Mas escrever é mesmo assim, um monte de tentativas. Fiz mais de uma redação para minha colega. Eu queria pegá-la com meu lápis, mas era difícil, não saía certo, logo eu passava a borracha e parava para continuar segundos depois. Uma das coisas boas da escrita é que a gente pode apagá-la, mudá-la, porque sempre algo nos escapa. A gente corre atrás, sabe que nunca vai alcançar todo um perfil, mas corre, corre até se sentir salvo. Acho que é isso: eu paro de escrever quando me sinto salva. Eu queria me salvar ao salvar aquela garota má. Porque ela morava ao meu lado quase toda a manhã. E porque eu também era má — não tacava fogo em ninguém, no entanto cuspia em mendigo e chutava os pintinhos dos meninos. Mas usava a palavra salvação sem entendimento, só com a sensação de que tinha a ver com o corpo a corpo. Talvez a fascinação pelo corpo a corpo tenha me tornado prostituta, sei lá. Na história que agora vou começar a contar eu também quero me salvar. Eu preciso. E sei que só escrevendo chego lá, que quando estou jogada na vida não tenho muito tempo para pensar em salvação. Ah, também devo dizer que gosto de rir, gosto que me veio de assistir as gentes ricas das novelas brasileiras. É um povo de uma seriedade tão vulgar que parece que estamos todos em um bordel de luxo. Fico frouxa de rir, eu, que sou prostituta de verdade. O riso também salva. Se eu fosse escritora famosa, diria para um suposto entrevistador, olha, moço, minhas influências vieram de todo lado, tirinhas, romances, contos, filmes, mas sobretudo de novelas, que me fazem chorar e rir ao mesmo tempo. Mas chega de lenga-lenga. Prometi uma história. Vamos lá, então. As putas graúdas têm um público cativo. Então, tenho quem me prefere. Um deles, um magro de uns quarenta anos que só andava armado. Me pegava no ponto. Bebíamos muito antes dele cair de boca em mim. Aguardente; *whisky*; vodca; cerveja e o seu *drink* preferido: coquetel de frutas, sem álcool. Depois ele me comia. Mas era do seu jeito. Quem é puta séria sabe que respeitamos os desejos dos clientes. Então eu ia com ele para fora da cidade, local da sua predileção: lago cheio de patos, árvores armando um bosque, grama cheia de formigas e ninguém por perto. Me fazia sentar numa pedra qualquer, sentava ele na grama mesmo, acendia um cigarro, dava só umas duas tragadas e depois deitava e autorizava: pode começar. Quem é do meu ofício sabe que seguir os passos estabelecidos por quem atendemos é fundamental para que a pessoa volte, se não tiver achincalhar no meio da história, claro. Então eu começava. Ele me comia com os ouvidos, a atenção presa ao meu relato. Eram sempre aquelas narrativas que se contam para crianças, embora eu tenha ficado sabendo que não foram feitas para elas. Enfim, não importa. Ele me queria toda cheia de um ardor que só quem vai para cama por dinheiro tem. Aquele sentimento de dever cumprido que vai além de bater o ponto e que torna toda a gente qualificada, feliz com o trabalho que tem. Puta burocrática não rende, só enrola. Se uma mulher da vida quer fazer carreira, que se mostre boa no que faz. Então eu me esmerava. Afinava a voz, punha eloquência nas passagens mais importantes e ficava esperando o momento que ele iria ficar de joelhos. Podia demorar. Tudo se passava como se ele estivesse estudando seu inimigo e ficasse esperando o momento certo para surpreendê-lo. E quando eu repetia uma história em um novo encontro, ele ficava livre para atacar em outra ocasião, a presa nunca podendo calcular quando. Na trama da Chapeuzinho Vermelho, por exemplo, ele podia se ajoelhar quando o Lobo aparecia pela primeira vez, quando começava a conversar com a menina, quando matava a avó ou, menos frequente, quando estava na cama a se deliciar. Nunca trepei vestida de Chapeuzinho. Tenho nojo daquele capuz encardido que mostra tudo e não insinua nada. Tenho também meus caprichos, claro. Mas contar o drama da garota tola nunca me fez mal. Aliás, como já disse, escrever nunca me faz mal. Às vezes penso que falar das coisas dói menos do que passar por elas. A gente pode mudar a história, pintar com outras cores, zombar das personagens, tirar sarro do autor, enfim, brincar até cair de joelhos e se urinar toda de tanto rir. Noutras vezes penso que pode doer muito, mas é um doer de abrir a cabeça. Por exemplo, eu sempre achei a Chapeuzinho uma boba porque tinha clara simpatia pelo Lobo. Feito criança, eu queria mesmo era a indicação da aventura e do prazer que só ele dava. Mas isso eu não falava para meu cliente. Contava a história como ele a queria ouvir — coisa feita de um jeito tal que eu não poderia mudar nada, muito menos expressar simpatia por quem não merecia. Eu seguia então sua versão, quero dizer, a verdade que ele queria ouvir. Continuemos. Ele também não tinha hora certa para se ajoelhar quando eu fazia o Lobo mau reaparecer e perseguir os Três Porquinhos. Em silêncio, eu ficava imaginando a bondade daquele Lobo — sem ele não haveria como ficar cara a cara com a vida. Vejo inteligência nos dois despreocupados porquinhos, que não tinham medo das coisas saírem fora dos eixos. Já o outro parece estar o tempo todo feliz com a própria prisão de ventre, só pensa em continuar trancado. Pessoas assim me parecem mesquinhas, sempre de mão fechada, não abrem nem para mandar um cotoco para quem merece, medão que têm de perder os dedos que contam a grana. Até hoje nunca tive freguês sovina. Mesmo ele me pagava direitinho, conforme o combinado, tão logo a coisa terminava. Digo *coisa* porque ainda não sei nomear direito o que fazíamos. Lembro que minha mãe falava assim: não sei nomear seu pai — carrasco, gentil, escroto, máximo, vil, gostoso, crápula, tudo ao mesmo tempo? Eu sabia. Papai era um bocó. Trabalhava feito burro sem ter nem um pouquinho de amor pelo que fazia. E ainda por cima aguentava a mulher a achincalhá-lo por causa da pinga que entornava goela abaixo todo dia. Um bocó que me ensinou, vai para a vida, filha, mas vai fazer o que gosta. Eu gosto de ser puta. Amo. De paixão. Quem tem a chance de conhecer tanta gente senão nós? Minha profissão vive de dar perdido, que é só assim que a gente aprende que no mundo ninguém é igualzinho a ninguém. O porquinho com eterna prisão de ventre é um saco porque acha que todo mundo tem de agir como ele. De todo modo, eu contava a história com gravidade, à espera de quando o quarentão iria ficar de joelhos. Eu sabia que o alvo nunca era a Chapeuzinho ou os Três Porquinhos. O Lobo mau era a sua cobiça. Assim como todos os patinhos lindíssimos que alijaram do bando o feio. Nesse caso, bastava os belos entrarem em cena para ele quase saltar da grama e ficar de joelhos. Para minha estranheza, já que sempre imaginei que o patinho feio tinha mais era que deixar de vez de querer ser aceito como mais um no rebanho. Mas ele nada me perguntava. Seus olhos estavam sempre esbugalhados quando eu nomeava lobos maus e patos bonitos e se transformavam em outra coisa quando se punha de joelhos. Que outra coisa? É o que quero saber. Tenho esperança que a escrita vai me dar alguma luz, feito uma mulher que dá à luz ainda que não saiba exatamente como. Às vezes penso que escrever é como aquele ditado que diz que quem fala o que quer acaba ouvindo o que não quer. O caso é que eu falava o que ele queria — por respeito profissional, nada lhe revelava de mais meu, como a visão da bobice da Chapeuzinho ou do terrível instinto gregário do Patinho Feio. Mas a coisa se complicou quando eu me meti em uma das suas histórias. Não sei o que me deu — falta de profissionalismo, desejo de me misturar numa narrativa ou as duas coisas. Talvez nenhum profissional deixe de se colocar nas coisas que faz, não sei. Como disse antes, tenho meus caprichos. Não me visto de Chapeuzinho. E, quando narradora, foi difícil ficar sem dar um teco. Mudei um pouco uma história e aí foi minha perdição — mudar uma história, então, pode mesmo ser tão divertido como mortal. Eu já sabia o que sucedia quando ele ficava de joelhos: pegava sua arma e atirava à esmo, gritava feito pôr do sol os nomes de quem procurava matar, lobos, patos, ou o que fosse, e se molhava todo, a urina a invadir sua calça. Foi também assim depois que lhe narrei Alice no País das Maravilhas. Mas quando ele acabou, me posicionei, a Rainha Vermelha é gorducha e corajosa. Ele atirou. Só não morri porque sou gorda. Mudei de ponto. Nunca mais o vi. Só sei que anda metido na política. Quanto a mim, quis escrever sobre o acontecido. Mas demorou. Nunca é fácil começar uma história. E ela me escapava nas suas partes, o início e o meio, e no seu fim, onde vai dar? Pasma, então, escrevo. Sei que comecei. Que contei o sucedido. Mas: e o ponto final? Precisa? Me revejo com ele, o cliente, e algo agora me ocorre, algo que pode ser minha salvação — é para

VALSA DAS FLORES 89

isso que escrevo, afinal. Quando trabalho eu sou o outro, o máximo que posso. E sou o outro por respeito — como as mãos de um ótimo massoterapeuta ou de um bom médico ou de um sensível enfermeiro ou de uma mãe que sutura o corte no olho do filho ou de um pai que raspa a cabeça para estar com seu filho acometido pelo câncer. Quando estava com ele, eu me importava com seu gozo. Como se eu fosse seus olhos perdidos, seu peitoral folheado de pelos, suas mãos de um suor gelado, suas pernas arqueadas como numa igreja e seu pau — mas já não sei mais qualificar seu pau. Estava sempre sentada ao seu lado como estive bem perto da colega que praticava o mal e, assim, me levou para a escrita. Eu o via. Ele não me via. É isso. Eis minha salvação: ao escrever sobre ele salvei-me da indiferença. Já posso descansar de fazer parte de um mundo indiferente com o qual convivo, mas não quero pertencer. Meu corpo se confundiu com minha escrita — escrevemos com o corpo, é bom lembrar. E quando isso acontece os dois corpos, o do escritor e o da escrita, gozam. É assim que faço gozar meus clientes: somos sempre dois em comunhão.

Viagem ao Iraque

Assisto ao programa televisivo e logo sou tomado pela lembrança da mudinha que fazia sexo comigo atrás de uma mangueira, nós dois uns vagos adolescentes. Não queríamos muito do mundo senão vagar nele. Ela ainda mais do que eu, pois não dizia palavra nenhuma e, assim, ficava muito mais livre do que eu. Falava gostoso com os olhos, isso sim. Víamo-nos na rua e uma eletricidade de cio nos levava imediatamente para a cama improvisada e disfarçada sob o enfeite de árvore. Ela me comia com as mãos e os pés. Apalpava meu corpo inteiro num articulado jogo no qual ora a mão escorregava por meu rosto e o pé pelas minhas pernas, ora outra mão cativava meu torso e o outro pé minha bunda, e assim por diante. Sei que ainda tenho todos os circuitos na memória do meu corpo — o corpo é a casa da memória, sei hoje, trinta anos depois do acontecido. Eu deixava me levar em silêncio, talvez porque não quisesse tudo estragar com uma palavra — palavras raramente se casam com a experiência.

A sua mudez era nossa morada. Quando beijava e mordia seus peitinhos estrábicos, ela nem gemia, apenas contorcia-se toda num ato mais sincero do que o feito por uma acrobata. Então abaixava-se e colava o rosto no meu sexo, só para vê-lo se expandir. Como se estivesse a ver cascavéis dando o bote — é visceral. Depois armava-se toda no meu corpo, a mangueira como suporte para suas costas e eu segurando-a pelas pernas — não havia como não a penetrar. Nada no mundo nos tiraria o prazer que, sol ou chuva, dávamo-nos. Eu segurava meu gozo até que ela se gozasse toda de mim. Sentia seu arfar. O som de um arfar — isso nenhuma palavra consegue alcançar. Conseguíamos ouvir. E quando a escuta prevalece sobre a fala, o mundo é outro. Ininterrupto, sem relógios a pontuar seu fluxo, da hora. Foi uma das poucas vezes que senti a eternidade. Ela compartilhava-me. Sei disso porque revirava seus olhos ao ver meu gozo explodir em seu rosto e de repente parava, como se num filme o momento fosse congelado e ela dissesse: para sempre. Sentávamos depois à beira da árvore e eventualmente uma manga repartíamos. Só algum tempo depois ouvi a canção *Manga Rosa*, na qual Ednardo poetiza o gozo feminino. Eu já o havia poetizado antes, na mudez que foi também minha e que era despida de beijos na boca: nunca nossos lábios se conheceram. Queríamo-nos tanto que dispensávamos todos os clichês do amor. O silêncio é de que era feito nosso encontro e nele é que sobrevivemos uns bons dois anos. Sem que soubéssemos quase nada um do outro. Nunca soube sequer seu nome. Sei que eventualmente cruzava comigo. Também não lhe forneci nenhum dado sobre quem era eu. A ausência de eus calava-nos, mas também nos enlouquecia. A comoção depois de um tempo sem encontrarmo-nos mostrava-se nítida: esplendidez. Ela colou-me no peito não uma cor ou uma frase ou um filme, mas seu próprio corpo, todo ele feito de mansidão. A justa medida de meninos adolescendo, ainda a vagar. Sumimo-nos um do outro. Eu cresci. Vejo televisão. Estou como que a acompanhar o que se passa com uma jovem americana, uns vinte e cinco anos, que, presa numa loja de vestidos de noiva, se põe a falar. Ela precisa falar, seja por causa de quem a assiste, seja por sua própria causa: ela vai casar. Dois anos de espera. O noivo fora convocado para a guerra do Iraque — o que fazer? Ela mesma responde. Aproveitar o tempo para melhor organizar tudo — e *tudo* é o casamento. Dois anos de procura: pelo vestido de noiva, pela Igreja, pelo padre, pelo salão de festas, pelos padrinhos, pelos amigos, pelos familiares. E — mais importante do que tudo — pelo bolo. Afinal, foram bons os dois anos de espera: a preparação foi feita com mais calma e, diz ela, mais amor. O programa foca no vestido, ela está numa loja especializada em vestimentas que traduzem o eu de cada noiva. Sim, cada roupa deve ter uma marca pessoal. Mas é custoso achar tal marca. Ela já provou vinte vestidos e nenhum lhe fez bem. Ora os babados eram demasiados, ora a parte de cima muito lotada de lantejoulas, ora o buquê parecia um bolo de aniversário de criança, ora ela não sabia, ora sabia só que não era aquele. E pronto. O mais difícil: sua personalidade requeria um vestido com um leve tom azulado, que remetesse a uma vestimenta de Sherazade, a personagem de uma novela de televisão que a encantou. E além do mais — e ela olha para a câmera —, além do mais é ridículo se casar de branco quando não se é mais virgem. Uma moça decidida, diz o apresentador do programa. Comercial. Na volta, fotos do noivo com ela. Beijos e mais beijos tendo como fundo diferentes lugares: à beira do mar, na lanchonete, em família, com amigos. Beijos na boca, quase se pode adivinhar as línguas em processo de circunvolução. A mãe da noiva também está presente. Pressente que o próximo vestido, que foi fabricado especialmente para a filha — Sherazades são difíceis de encontrar nos Estados Unidos —, pressente que o próximo cairá como uma luva. Afirma que a filha sempre foi muito cheia de si, sabe o que quer, como o pai. Que, aliás, não está no programa e nada mais se sabe sobre ele. O vestido chega. Com ela, a noiva, dentro. Um azul turquesa toma conta da tela — a televisão não vive sem primeiríssimos planos. Logo depois, pulinhos de felicidade da noiva. Aplausos dos presentes. Corte para uma foto do anel que selará o compromisso. Definitivamente. Mas não consigo descrevê-lo: foram uns dois segundos no ar. A noiva reaparece, agora em *close*, a alardear sua próxima tarefa, complicadíssima, segundo ela: decorar o enorme salão de festa de uma igreja de renome com o motivo Harry Porter — não vai ficar lindo? O programa acaba. Não vejo nenhum salão. Pergunto-me quem será essa noiva, essa moça, essa mulher? Volto à mudinha. Dela eu sei contar. Precisei ficar mudo para aprender a contar? Sherazade contava para se salvar. É assim, então? A gente conta para obter salvação? Do quê? Perdi-me no emaranhado televisivo, mas achei-me na lembrança de minha vaga adolescência. Se eu fosse ao Iraque, não iria querer escrever sobre saque e contrabando de antiguidades, mas a respeito de como foi possível a escrita das Mil e uma Noites.

Deslumbrada

Ela não deixa dúvidas. É mesmo uma deslumbrada. Tudo ao seu redor parece-lhe extraordinário. A taça de vidro com a qual toma o vinho barato; sua própria boca cheia de comida e que não para de falar; o garçom com a braguilha aberta; a correnteza de ar que quase derruba os guardanapos de papel; os talheres mal lavados; a menina que passa e lhe chama de feia. Ela ri saborosamente, como se não tivesse dúvida da própria feiura e vivesse bem com ela. Deixa claro que gosta de rir de si mesma. E o restaurante do hotel parece-lhe lugar apropriado para esse tipo de riso — ele deve ser público. Quando um prato mais ou menos ornamentado chega, ela celebra com uma canção sertaneja de pura dor de corno, que se alia a um salmão com molho de maracujá e uma salada que mistura alface americana e manga. Fica claro que a perda dolorosa de alguém não tira o apetite, ao contrário, o estimula. Quando a sobremesa aparece, mousse de chocolate, ela vibra como uma adolescente diante dos primeiros pelos púbicos. Ri-se novamente e faz-me rir. Conheci-a já no primeiro dia, ao fazer minha entrada. Estávamos esperando o atendimento quando olhei sua mala. Havia nela muitos corações, daqueles bem vermelhos, como se fossem partes de emojis a nos mandar beijos. Sem saber o que dizer, avaliei: bonito. Ela foi rápida, gostou? Adoro coração, tenho uma coleção: de pano, de plástico, de pelúcia, de vime, de pedra, de ferro, de sabonete, de couro, de cristal. Além do meu, é claro. Sabe como sinto meu coração? Tum-tum; tum-tum. Sempre que algo me pega o tum-tum aumenta o ritmo, fica mais forte, quase mata a pessoa. Sabe como eu sei que a gente tem alma? Porque meu coração dispara quando uma coisa mexe comigo. Você já sentiu o amor? Pasmo, e com medo de ser muito professoral, só perguntei: será que podemos medir o amor? Ela riu, os cabelos encaracolados e pintados de vermelho balançaram feito caliandras ao vento. Respondeu, claro que podemos medir o amor. Você não estudou matemática? Só contar. Aproximou-se mais de mim e, quantas vezes você sente o coração bater mais forte, hein? Só contar os tum-tuns. Sorri, meu coração espantado com a possibilidade de ser a alma revelada por uma matemática do amor. Ela me interrompeu, vou para meu quarto, a gente se vê. Só fui vê-la dois dias depois, no café da manhã. Estava possuída pelo brioche, pela manteiga e pela xícara onde café e leite misturavam-se. O brioche era do dia anterior, a manteiga rançosa e o café e o leite tão fracos que mais pareciam os usados por uma mãe sem recursos a cuidar de oito filhos. Mas ela se deslumbrava, nossa, me sinto uma princesa. Emendou, meus pais eram professores, o pai de música, a mãe de língua portuguesa. Papai tocou no meu casamento, um violino tão triste que cismei que não ia dar certo, o casamento. No começo foi bom, o tum-tum de quando eu o conheci, o meu marido. Depois foi ficando bobo, sem graça. Ele nunca me bateu, nem nada. Só que amor de cama, daqueles bons, foi murchando. Eu dizia ai, ai, mas o que sentia era um aperto no coração, acaba logo com isso! Acabou. Nem brigamos. Foi por causa da sem-graceza mesmo. Meu pai tinha razão, ele viu tristeza naquela união. Hoje quase não lembro do meu casamento, falo dele como se tivesse acontecido lá longe, nos primórdios. Minha mãe nem brigou comigo quando voltei para sua casa. Só pediu que eu ajudasse nas despesas. E continuou a consertar todos os meus erros de português — tenho uma dificuldade do cão com a concordância. Como nunca me dei bem nem com o violino, nem com as letras e não suporto ginásio — meu pai e minha mãe davam aula no ginásio —, como odeio adolescentes, virei manicure. Sou das boas, daquelas que colocam a alma no que fazem — não é fácil amar só as mãos e os pés de uma pessoa, mas eu consigo. Funciono melhor com música-ambiente. Você conhece Elton John? Já viu como são lindinhos o namorado e o filho deles? Meu café havia esfriado — como fala a mulher! — e então eu pedi outro, interrompendo-a. Pensei em como nossos gestos podem revelar o que estamos pensando. Alguns cientistas afirmam que quando damos boas notícias usamos, para enfatizá-las, a mão dominante. Quando são más notícias, acompanha-nos a outra. Surpreendi-me ao perceber que acompanhei toda a fala da minha conhecida com meu lado direito. Não só a mão, mas também perna e pé. Também realçamos com o corpo as informações que recebemos? Ela estava me dando boas novas? De todo modo, tinha-se feito um estado de pausa entre nós. Ela sorvia seu café da manhã com olhos de sapo. Logo depois me deu tchau, vou me cuidar, fazer uma massagem, a gente se vê por aí. Fui para meu quarto. Lembrei-me do motivo pelo qual tinha ido para aquele hotel: férias, descanso. Como alguém pode esquecer que está numa situação de descanso? Dei-me conta de que estar com uma pessoa deslumbrada deslumbra de uma tal forma que a gente se sente possuído. É uma experiência que anima, como se pensar — e ela só me fazia pensar —, como se pensar viesse das vísceras, do corpo em movimento. No outro dia encontrei-a no jantar. Não fosse eu ter sentado à mesa onde ela estava, não teria me visto. Estava a brincar com uma vela, daquelas que se imagina dar pompa à uma refeição. Quase pegava a vela com dois dedos, mas logo afastava-os, como que com medo de pôr tudo a perder. Quando se inteirou de mim, perguntou, como se faz para manter uma chama acesa? Professor de Ciências, respondi rápido: com três coisas, um elemento inflamável, oxigênio e calor. Ela me olhou forte, olhos nos olhos, e, não é fácil manter a chama acesa, né? Às vezes as coisas se apagam sem nenhuma razão. Aí me dá um bode, uma tristeza de quando estou menstruada. Fico pensando nos ratos — quanta gente não gosta deles, não é mesmo? E as aranhas? Armam teias bonitas à beça e logo uma vassoura vem e bum, põe tudo por água abaixo. Também sofro quando me vejo no espelho, sabe como? É que nem sempre me reconheço. O que muitas vezes aparece é outra pessoa, mais linda, mais elegante, mais tudo de bom. Não é um porre não se conformar com aquilo que a gente é? Mas o pior mesmo é quando chego junto de alguém e levo um chega pra lá — não é fácil. Sem saber o que lhe dizer, ajeitei meus óculos de professor. Seus olhos desviaram-se dos meus e então eu respondi: não, não é nada fácil. Veio-me de súbito a impressão vívida de que a prova da existência da alma é o afeto, você afetar e ser afetado pelas coisas. Ela cortou-me, tem também aquilo que entra na gente sem a gente pedir. Basta sonhar. Entra sem pedir licença, de chofre, feito ladrão preciso, mas afobado — você já sonhou com caixinha de esmola? Não confundir com caixinha de Natal, que é para agradecer quem faz o bem fazendo bem-feito o que deve ser feito. Não. A esmola é para quem não tem nada: nem roupa, nem comida, nem casa, nem amigo, nem afeto, quer dizer, para quem não tem alma. Está só no mundo, parecendo jabuti quando se esconde no seu próprio casco. Sonho sempre que sou uma caixinha de esmola. Mas ninguém me dá uma esmola. Acordo tristíssima, mas logo imagino que somos todos caixinhas de esmola, sabe como? Olhei-a. Ela colocou seu indicador no meu lábio e, nem precisa me responder. Quando menininha descobri que a gente não precisa entender tudo que imagina. Só saber que não sou a única caixinha de esmola no mundo já me deixa com uma felicidade de formiga, aquela uma que carrega uma folhinha nas costas muito contente, pois sabe que não está sozinha. Não é sempre em bando que as formigas andam? Eu fiz que sim com a cabeça. E ficamos a observar o garçom colocar na nossa frente um linguado ao molho de framboesa decorado com uma cereja. Ela vislumbrou-se, sabe, não espero muito da felicidade, pratos assim, bonitos e saborosos, já me são tudo de bom. Comemos em silêncio. Seus olhos não podiam desviar-se da comida que, também enfeite, era-lhe afeto sem pedir condições para exercer-se. O sabor não era lá essa coisa, mas ela tornava tudo mais nobre. Repartia o peixe como se tivesse tirando as cutículas de seus clientes: com alma. No quinto dia de minha estada — nunca fico fora de casa por mais de cinco dias —, no último, depois de jantar o salmão com molho de maracujá ao som da canção sertaneja, saí com ela. Andamos pela cidade turística que eu havia escolhido, mas que não usufruía. Ficara quase sempre no hotel — cliché por clichê preferia o hotel. Ela me fez sair quando me perguntou, você é Nossa Senhora ou bagre africano? E foi logo explicando, os dois, quando encontrados em determinado lugar, dele não podem ser retirados. Voltam. Sempre. Sabe aquela coisa do bom filho voltar à casa paterna? Pois é, também acontece com o peixe e a Santinha. Mas deve ser chato não poder sair do mesmo lugar, né? Sorri e fomos percorrer os espaços mais cartão-postal da cidade. Ela encantava-se, tudo lhe era renovador, gosto de cidades históricas e turísticas, ao vivo elas são muito melhores, não cabem num livro. Olha lá, que lindo — me tira uma foto, vai. Tirei. À noite tomava o avião de volta e então deixei-a a passear para arrumar minha mala. Ficamos de despedirmo-nos no hotel. Mas ela não apareceu. Quando eu estava no táxi recebi um *WhatsApp*: desculpa, não gosto de despedida, se precisar de uma manicure afetuosa, me chame. Olhei a cidade pela última vez. Veio-me a vívida impressão de que o jantar que aliava salmão e música sertaneja ficaria para sempre no presente do meu indicativo. Mas a imagem que faz bater várias vezes meu coração, tum-tuns fortes, está gravada na fotografia que lhe tirei: ela está sorrindo escancaradamente e abraça a estátua de Iracema. Não tenho dúvidas: eu sou a virgem dos lábios de mel.

Rota da seda

Dois tios foram os primeiros homens da minha vida. Caminhávamos ao longo de pequenos morros para relaxar e jogar conversa fora. Um deles já era casado e estava sempre com as duas filhas, cinco e seis anos, talvez. Elas pululavam na nossa frente e se mantinham à parte, presas que estavam pelo gostoso que encontravam pelo caminho afora. Quando o suor lhes era demais, abriam mão das roupas para ficar com o sol. Corriam ainda mais, duas ligeiras. O pai colocava a calcinha de uma delas na cabeça, como que para tapar o sol com a peneira, e desatava. A conversa sempre vazava até meus ouvidos, atento que eu já era aos homens. O tio casado tinha gosto por mulheres fartas, seios e pernas à vontade. O solteiro ainda se fartava com o que lhe estava à disposição. Nem sempre se pode escolher. Havia, no entanto, uma predileção. Ele gostava de rezar antes do encontro. O terço, que sempre trazia no bolso, não podia abandonar e com ele a reza era mais forte. Depois passava-o sobre o corpo nu das mulheres e sentia um frêmito. Não sabia como descrever esse sentimento. Só sentia. E ficava feliz. O tio casado tinha aventuras mais largas. Segundo ele, sua condição lhe garantia um frêmito diferente e mais poderoso. Ele, com outras mulheres, era a desordem. Seu sexo remexia na cueca só de imaginar o encontro fugidio com uma mulher casada. Teve várias. Uma, inclusive, nunca o deixou. Mas não vacilava. Mantinha sempre a distância necessária para que ambos continuassem na condição de pessoas casadas — esse o truque para um amor da vida inteira. Como se vê, meus tios não viviam sem mulheres. Mesmo a mãe, minha avó, era referida com um frêmito. Era sempre lembrada como uma mulher que fazia xixi de pé, de pernas arreganhadas e com a porta do banheiro aberta. Meus tios saboreavam imagem assim tão familiar. Só algum tempo depois apareceu mais um homem na minha vida. Meu pai, o irmão mais velho. Sua vida se resumia a trabalhar e assistir filmes russos — ele amava Eisenstein. Demorou a me encontrar porque eu era muito menos atraente do que uma obra qualquer do perseguido cineasta. Mas chegou. Quase não me falava de mulheres. O pouco que me disse foi sobre minha mãe. Sorria com a lembrança de que ela se encantou com o formato do seu sexo — seus saco, pau e pentelhos lembravam à minha mãe um pinguim. Ela também nunca usava a palavra *sexo*. Quando queria se deliciar pedia para *brincar*. Mas meu pai também reclamava, você sabe o que é coito interrompido? Era assim, na forma de pergunta, que falava mal de sua religiosa mulher. Ele também era religioso, mas na hora do sexo Deus ficava de fora. Quando ela morreu voltei ao assunto, mas ele desconversou, bobagem, nunca teve nada disso, tanto que seu irmão veio por acaso. Aliás, meu irmão demorou a entender que todo mundo vem ao mundo por acaso. Enfim, a última reclamação das mulheres que ouvi meu pai fazendo foi contra Rita Lee, precisa escrever e cantar que "mulher é bicho esquisito, todo mês sangra"? Minha mãe se incomodava mais com Gal Costa, "se acaso me quiseres, sou dessas mulheres que só dizem sim". Mas era um incômodo ambíguo, pois sempre que ouvia a canção dizia: que coragem! Que lhe faltava? Bem, minha mãe, ao contrário do meu pai, se não usava a palavra sexo, falava dele toda hora. Da falta. A falta do pinguim, para ser mais poeticamente correto com minha mãe. Gostava de passar horas ao telefone sendo explícita com as amigas, ele não me procura mais. Chegou a reclamar com o padre. Mas o que um padre pode fazer quando ele não se interessa por mulheres? Quando via uma se aproximar comportava-se como uma tarântula a despregar pelos em cima de inimigos para afastá-los. Então a conversa dominical era amena por demais, o canto inócuo dos anjos invisíveis mais presente que a língua do padre que se perdia no céu da boca sem saber muito bem o que dizer. Minha mãe chegava em casa de saco cheio da igreja. Falava ainda mais de meu pai que, assim, continuava seu centro. Eu, menino, via televisão, mas ouvia seus lamentos. Abismava-me. Meus tios só falavam de mulheres. Meu pai falava pouco, mas era um pouco radiante, minha mãe era-lhe uma fulguração. No meio de tantas mulheres na minha vida, passei a gostar de homens. O quarto homem da minha vida conheci-o num bar. Era uma tarde de cigania e, então, eu entrei. O ambiente era *clean*, quase um arremedo de hospital. Havia uma televisão — como nas salas de espera — a mostrar uma telenovela, toda armada com um didatismo insuportável: quer café = xícara e gole; vamos à praia = shorts e areia; eu te odeio = tapas e palavrões, e assim por diante. Nunca fui esperto no campo das artes, mas sempre achei explicação demais uma idiotice. Meu bom diploma de advogado me permite pelo menos desconfiar da simplicidade e do óbvio. Estava eu então um pouco enojado quando, ei, pedagogismo é uma merda! Olhei em volta e não havia dúvidas. A frase só poderia ter sido dita por ele. Éramos os únicos no bar. Nossas mesas quase se davam. Eu não sabia direito o que era pedagogismo, mas adivinhei e me deixei levar, é mesmo, uma merda! Ele aproveitou e se pôs a falar. De mulheres. Uma prima com intestino preso que leva Nossa Senhora para o banheiro e acende velas até a coisa se soltar. A amiga de infância que ainda cuida dos ineptos avô, pai e irmão com massagens diárias. A vizinha de anos que sempre que o encontra pergunta: Dom Quixote, loucura ou excesso de razão? A irmã que nunca teve e a ausência de um dente que ele não pôde nela supor. Virei minha cadeira para acompanhá-lo melhor. Vi como suas mãos e seus olhos acompanhavam o que dizia. Ele continuou. Estou com ela todo dia, a irmã que nunca tive. Não é devaneio, é, simplesmente. Quanto aos sonhos, tenho-os sempre com toda boa vontade do mundo — nunca tive medo do que é humano. Sonho muito com meu pai. Ele acorda sufocado no meio de um ataque cardíaco, clama por minha mãe. Mas ela nunca nos aparece. Outro: ao percorrer a rota da seda chego ao Ceilão onde preencho duas taças de vinho. Preencho-as com folhas de canela. Levanto-as, uma em cada mão, e brindo-me. Mais um: um avião risca o céu. E eu suo. Ainda outro: jogo tênis comigo mesmo e logo o jogo se transforma numa batalha. Vejo-me então cavaleiro medieval. Mas a armadura que uso não dá conta dos golpes que me inflijo. Uma mulher vela minhas dores. Mas não sai de onde está. Falando nelas, nas mulheres, posso dizer que o sonho que mais me ocupa é feito quase só de corpo. Uma mulher dança num prostíbulo. Suas carnes são duras — pernas, braços, seios e mãos. Os olhos cor de menta. Quase chego a tocá-la. Mas ela se evade nas mil cortinas que se fecham no fundo do palco.

Meus olhos doem e eu só consigo ver avencas. Ele para de falar. Eu, depois de ouvir sonhos que me pareceram formar uma catedral gótica, me inclinei e dei-lhe o que sequer sabia que poderia dar: a incompreensão de mim mesmo. Meu sonho mais constante é com uma mulher. Sou uma mulher. Ela cultiva erva-cidreira e lavanda para afastar moscas. Quando engravida enlouquece de cortar os cabelos e urinar na roupa. Seu medo grande é que possa gerar um ser louco, como seu pai, ou distante, feito seu irmão. Enlouquece cada vez mais. A loucura, porém, não lhe dá a solução do aborto. Cortar o mal pela raiz. Ela então olha seu sexo. E eu acordo inexplicavelmente manso. Logo após meu relato, ele, meu quarto homem, fez uma pausa. Pediu-me desculpas, precisava fumar. Saiu deixando a mochila presa à cadeira. Fiquei feliz com o gesto de confiança. Sem mais, passou-me pelos lábios a impressão que a melhor morte é a que decorre do câncer. Há tempo para arranjos e despedidas. Muitas, se for o caso. Para lembrar que a brutalidade absolutamente necessária de estar junto configurou-se no ato de um estranho deixar a mochila aos cuidados de outro estranho. Morte súbita não carece de lembranças. É dura, coisificante. Pensava assim quando inesperadamente minha avó postou-se na janela do bar. Estava com roupa de faxineira de grupo escolar, sua profissão. Nas mãos trazia doce de laranja. Chamou-me pelo meu nome. Mas não fui até ela porque sabia que só eu a via. Só eu a sabia. Só eu a carregava feito touro que por ela foi amansado e, assim, amado. O doce de laranja chegou a queimar meus lábios. Não porque estivesse quente. Mas porque estava vivo. Quando ele voltou, perguntou-me se eu conhecia o cinema russo. Citou as diretoras Tatiana Lioznova e Anna Melikian. Olhei-o com a certeza de que estava diante de meu quarto homem. Passou-me, então, feito os filmes barrocos de Eisenstein, uma canção de Thiago Amud que trata de uma brutalidade absolutamente necessária: o amor entre mãe e filho. Ele, agora sentado à minha mesa, farto de fumo, fazia o papel de filho a entoar, *mãe, vou sozinho no mundo*. Eu, como se fosse mãe, respondia, *filho, eu te espero no sonho*.

Trégua

Quando abri a caixinha de música e a melodia de Chopin não se fez, soube que ele havia partido. Diariamente dava corda na caixa enquanto eu lavava à mão suas cuecas. Foram cinco anos de puro deleite. Mas ele, vez ou outra, pedia trégua. Assim mesmo, *trégua*. E saía de nossa casa com uma pequena mala onde podia-se adivinhar cuecas, meias, calças e camisas para cinco dias. Depois ele voltava, a barba feita, as frieiras tratadas, o estilo pleno. Ele era pleno. Eu, desde criança, entendia de tréguas. Vez ou outra minha mãe dava-nos um chá de sumiço. Antes de sair com uma valise, meu pai chegava afobado do trabalho e lhe era auxílio: o batom, você esqueceu, sem ele você não se farta. Ela entrelaçava os dedos de meu pai de tal forma que o batom parecia um segredo entre os dois. Minha mãe não nos amaria violentamente não fossem seus pedidos de trégua. Quando ela batia a porta, meu pai deslizava para seu quarto. Nele vivia com seu amigo de infância, um menino que nunca cresceu. Havia cama de criança, abajur infantil e brinquedos jogados aos deus dará naquele espaço acortinado de azul. E o menino, que só meu pai via e ouvia. Conversava com ele franca e divertidamente. Ele era a trégua de meu pai. Minha mãe cuidou dos dois por cinquenta anos. Manteve-se violentamente atenta ao marido, aliás um juiz de renome. Tão atenta que, vez ou outra, dada a insistência dele, ia às consultas com todo tipo de psicólogo e psiquiatra. Meu pai teimava que haveria de existir alguma razão para seu melhor companheiro não ter crescido como todo mundo. A racionalidade da ciência lhe era totalmente compatível com a racionalidade do afeto. Cuidou dos filhos com o sentimento de quem sabe que julgar não é fácil. Morreu aos oitenta e sete anos de mãos dadas com o amigo, aquele que ninguém ouvia, nem via, só ele. Mas depois de tanto tempo convivendo com a trégua paterna, eu quase posso garantir que ouvi choro de criança no quarto onde junto com a chegada da morte podia-se ouvir um lamento: mas por que ele não cresceu e vai agora me abandonar? A trégua, então, não me era novidade quando a caixinha de música não respondeu ao meu apelo por Chopin. Seria mais uma, como tantas vezes o fora com aquele amor de cinco anos. Mas daquela vez ele partiu e não retornou. Passaram-se os cinco dias e mais uns tantos. Eu passei a vê-lo numa Varsóvia destruída pelos nazistas segurando minha mão como se ela fosse a sua. Como quando vi meu pai na teima de estar com seu melhor amigo. Não há tréguas no campo da imaginação. Fora dele, elas são violentas posto que definitivas. Vêm e pronto. Não há nada que se possa fazer. Passei algum tempo num estojo. Não saía de casa, não passava batom, não falava com amigos imaginários. Depois, não passou. Não passa nunca o que não se consegue e não se pode nomear. Resta vivê-lo até o fim de nossos dias. Como se ele fosse um amigo de infância sem o qual não somos nada. Se ele é invisível é só porque se mostrasse sua violência nos assustaria. O amor é violento quando começa, violento quando termina. Brutal. E só.

Tênue

Desde muito cedo passei a desconfiar da afirmação de que o mundo funciona às mil maravilhas. Os monges japoneses que por pura fé se enterram vivos para realizar o sonho de ser múmias, têm seu desejo atendido? Terei calma, como pede o anjo que se mostra na chama azul de uma vela, até conseguir o que quero? A vizinha costureira sabe separar adequadamente o vestido da esposa legítima da roupa da amante? Continuarei a falar de mim mesma com as palavras dos outros e assim não estarei só? Os árabes poderão um dia? Tamanha desconfiança das coisas me fazia viver com pouca esperança. O cotidiano mais comezinho me chegava como irritação. Na hora de conferir o troco — estará correto? Quando da escolha de um prato — virá como indiquei? Tentava controlar os acontecimentos manejando-os. Se a comida estava insossa, punha mais óleo — é ele que faz o sal grudar e se perecer nas coisas. Se minha mãe, por esquecimento, ensaiava fazer ave para a ceia de ano novo, eu interferia com fala seca, embora cálida — nenhum bicho que cisca para trás dá sorte quando incorporado na virada do ano. Se, na mesma ocasião, uma manga caía no meu colo, enfiava--lhe sete moedas, a coisa da prosperidade. Se havia tristeza de bichinho morto, apegava-me ao de pelúcia. Nada disso funcionava muito bem. Não garantia a esperança deslavada na ocorrência das coisas. Mas não era nem de longe a pior parte da história. É que durante a noite, na hora do descanso de tudo, eu me tornava impalpável. Faltava-me um corpo que pudesse ditar a respiração de meu corpo — eu era um nada. A mais absoluta falta de crença na existência. Se eu não era, como acreditar no que fosse? Acordava mole, a cabeça na conferência imediata do que seria preciso fazer para garantir mais um dia. Se eu sabia que a noite me pegaria fácil, pelo menos durante o dia poderia supor que eu fosse uma personagem de conto maravilhoso: tudo, afinal, vai terminar bem, como se deveria esperar, aliás. Mas, claro, eu não esperava. Não acreditava. Então, só sobrevivia. Cumpria meus deveres com afinco — um modo de fazer o tempo passar e eu me esquecer de minha falta de esperança. Em casa, toda ocupada, passava batido. Só meu padrasto, um barbeiro instruído e revoltado, percebia algum desassossego em mim. Fez o que pode. Deu-me o *Manifesto Comunista* e livros de contos de Machado de Assis — ele era da antiga, justiça social aliada à sensibilidade literária. Eu tive um bom primário, ainda fiz parte de escola com professora e não com tia. Além disso, minha mãe lavava roupa para a mestra, o que me gerava uma atenção especial da parte dela, lições extras e, sobretudo, livros. Lia tudo com singela atenção. Mas a singeleza era um engano, pois o que eu buscava mesmo era uma forma segura e dura de garantir que tudo iria ocorrer às mil maravilhas. Tomou-me a certeza de que a escrita era um modelo de vida. Filosófica ou literária, ela me daria a certeza do mundo em sua regularidade inabalável. E então tudo seria encantador. Se eu me fizesse uma crítica feroz como Marx, uma irônica cruel feito Machado ou me transformasse pura e simplesmente numa Katherine Mansfield, eu estaria salva. Salva de acordar à noite, por nada. Impalpável. Sem onde me segurar de tão compactuada com o nada. Mas eu continuava com minhas noites de sobressaltos, o que me fez pensar que a escrita nunca deu conta do mundo. Só um presentinho do meu padrasto quebrava vez ou outra o disparate da noite. Era um vinil. Bonita capa, saliente seriedade no rosto da cantora Sarah Vaughan. Ele dizia-me que se podia começar a conhecer a África pelo que ela fora se transformando nas Américas, de norte e sul. Ouvia então Sarah. Sem muita compreensão, meu inglês era infantil. Só acompanhava as linhas melódicas e harmônicas naquela voz que me tirava do sério — eu não conseguia controlá-la, sempre me ultrapassava, imprevisível. Passei a dormir um pouco mais. E a achar que a música nos ajuda mais que a escrita. No entanto, sono muito leve, eu ainda era exasperada. Foi preciso mais do que a escrita e a música para que eu pudesse enfim dormir em paz. O que vou contar é então uma história de um encontro. Um encontro entre duas mulheres de boa vontade.

* * *

Eu trabalhava como atendente numa farmácia. A cidade era pequena e pouca gente adoecia, o que me gerava horas de não fazer nada, exceto ler. Num desses dias, ela entrou. Feito amiga de muitos anos, descolada, perguntou-me:

— Você sabe por que o sapo do pântano fica azul?

Diante do meu assombro, foi direta:

— Para atrair as fêmeas e procriar; eu até hoje só fiz sexo para procriar — queria muito um filho e tive-o.

Calou-se, mas antes emendou:

— Um comprimido para dor de cabeça, qualquer um.

Se eu estivesse lendo um romance talvez o susto não tivesse sido tão grande. Seria mais fácil encaixá-la. Afinal, ela parecia uma personagem machadiana e aí estaria tudo certo: a previsibilidade do mundo já estaria dada pela literatura. Mas eu não estava lendo, estava apenas distraída, o que me fez estar diante de uma personagem cujo nome eu não sabia dar ou mesmo inventar. Demorou para que minha compreensão da literatura se alargasse e eu visse nas figuras que não se pode nomear o único elo entre a escrita e a vida. Naquele então, ela, depois de um silêncio acompanhado por um cigarro, perguntou-me:

— Quanto é?

Eu, por algum motivo que até hoje me escapa, indaguei-lhe:

— Seu filho nasceu azul?

Ela pediu que fosse ligado o ventilador, que calor! Que uma cadeira lhe fosse providenciada, que cansaço! Que um copo de água lhe fosse dado, que sede! Tudo composto, ela tomou o remédio, que cabeça! Foi terna e forte:

— Meu filho foi jogado vivo de um avião nos anos setenta; ninguém me disse, mas eu sei; sonho com ele dia sim, dia não; ele sempre me guarda, pede para que eu tenha cuidado com pão mofado ou terra dos vasos — há neles aflatoxina, a toxina encontrada na maldição dos faraós.

Vi-me mais uma vez sem palavras. Sabia dos assassinatos, do estado de exceção, mas nunca tinha visto um crime se realizando na minha frente. Nem uma mãe que só fez sexo para ter um filho ainda mantê-lo tão vivo anos depois do seu desaparecimento total. Ela viu meu espanto e sorriu:

— Não se preocupe comigo, após a morte do meu menino, que só tinha dezessete anos, após sua morte me fiz andorinha; além do mais, cá para nós, você se parece com uma.

Sem entender muita coisa de andorinhas, só falei:

VALSA DAS FLORES 117

— Sou mesmo pequenina, o que é ressaltado pelos meus cabelos curtos, meus olhos japonesados e meus seios achatados; só gosto mesmo é da minha cor jambo.

Ela se deixou levar por minhas mãos para me completar:

— Há também suas mãos que mais parecem borboletas a acompanhar sua fala.

Fiquei feliz. Talvez ali tenha sentido pela primeira vez a cobiça de alguém que não era mãe, nem padrasto. Ela riu-se do meu ar de contentamento e surpreendeu-me mais uma vez:

— Você sabe por que os zangões podem voar mesmo tendo asas tão pequenas?

Eu a encarei fundo. E ao ouvir sua resposta fiquei sabendo que eu estava me apaixonando:

— Os zangões podem voar com asas tão pequenas porque batem-nas duzentas vezes por segundo e, assim, criam turbulência no ar — mãos pequenas criam turbulência no meu olhar.

Olhei-a de viés, minha cabeça confundindo-se de tudo, ou melhor, inteirando-se de tudo: onde era eu, onde era ela naquele circuito de nós duas? Ela agitou-me ainda mais:

— Se você puder passe na minha casa para vivenciar a transformação da cor do sapo; todas nós, afinal, vivemos num pântano.

Antes de ir-se fez-me fremir com palavras:

— Ah, na minha casa há também discos de Sarah Vaughan, não sei se você conhece, mas seria bom conhecer — *Look at me...*

Estremecia-me com palavras, um gozo que me fez retornar aos livros que lia, só que agora para dotá-los de uma força que eu não sabia nomear. Como se entre eles e eu houvesse um circuito tal qual o que havia entre mim e ela: onde um começava e o outro acabava? Começou a me parecer que a literatura não imita vida, vive dela, embora nunca a alcance. Claro que eu sabia onde ela morava. Numa cidade pequena, como minhas mãos, tudo é público, ainda mais a intimidade. No outro dia eu estava lá. Estendi-lhe as mãos, que ela puxou com força mínima, o suficiente para dizer-me sem palavras:

— A casa é sua.

Já rolava Sarah. Um disco gravado no Brasil em 1977. Tom Jobim ao piano, *sad is to live in solitude...* Fechei-me um pouco a boca porque queria tanto abri-la que tinha medo de pôr tudo a perder. Tudo o quê? A paixão. A paixão que ela tinha pelo filho. Mas também pelas andorinhas — mas essa eu ainda não compreendia por inteiro. Ela colocou-me frente ao seu busto, quase pedindo-me que o tocasse. E solidificou-me à sua presença ao dizer:

— Sabe, sexo é um Deus mutante; às vezes mortal — você sabia que a emancipação das abelhas ocorre após a mãe de cada colmeia, a única que põe ovos, realizar seu voo nupcial bem ruidoso, atrair quinze ou mais zangões para, depois do acasalamento, destruí-los? Eu me emancipei quando tive meu filho; desde então fiz-me andorinha.

Sorri. Logo estávamos à mesa a apreciar castanhas portuguesas, flores de organdi, ameixas suculentas e um pandeiro.

— Você sabia que o pandeiro é árabe?

— Não, eu não sabia.

Ela prosseguiu:

— Então o samba é mistura: ele é africano, português, mas também árabe — o Brasil é como o sexo, um Deus mutante; transformar-se é ser brasileiro, quem diz diferente faz piada patriótica de mau gosto, que é a que todo fascista gosta de contar.

Tomei coragem e perguntei:

— Trata-se afinal de uma questão de gosto, o ser fascista, não?

Ela suspirou, serviu-nos linguado com quiabo e deixou-se falar:

— O caso é que tudo é uma questão de gosto, tudo o que fazemos é por puro gosto, só que há gostos e gostos; veja você como ficam felizes os meninos que dependuram gatos nos varais ou adultos que jogam gente de um avião, todos movidos por uma felicidade vinda de uma confiança absoluta e dura no entendimento gostoso que têm das coisas; a palavra *tênue* não está no dicionário dessa gente.

Fiz-me um pouco inteligente ao perguntar:

— Mas não estamos todos em busca de segurança? É difícil surfar em cima de trens — qual garantia?

Ela tocou minhas mãos:

— Se você busca segurança, afaste-se de mim.

Fui-me embora com o desentendimento que me vinha à noite, por nada. Mas fui-me tornando uma pergunta: eu então não sabia ser tênue, viver por um fio? Sem literatura para me consolar, deixei os dias se passarem. Até que uma noite de sono sem sobressaltos me levasse de volta àquela casa. Ela não me esperava. Olhou-me e continuou a descascar sementes e colocá-las na boca de andorinhas que cultivava no jardim de entrada. Vi também gema de ovo cozida sendo por ela deixada ao longo da mureta. Não sabia que andorinhas têm gosto assim tão seu. E ainda não sei se ficam azuis para procriar. Sei que fui ficando por lá. Ora uma san-dália, ora um brinco, ora um celular, ora um livro de Machado. Ficamo-nos. Ouço Sarah Vaughan a imitar o som da cuíca, puro gosto de cair de boca no samba. Mas para gostar, ela precisou apostar na possibilidade de abraçar com a voz algo tão perto e distante. A confiança lhe era ancestral, talvez. A esperança uma aposta: deu certo, poderia não dar. Ambas, confiança e esperança, são tênues. É da pouca espessura que somos feitos e dela é que vivemos. E há outra forma de se viver? Sou agora uma teia palpável. Só muito tempo depois ela explicou-me porque somos andorinhas:

— É que num mundo onde muita gente não gosta de gente, melhor ser como os pássaros com asas que foram encurtando-se para possibilitar esquiva mais rápida dos carros.

Passei a sonhar com aquele filho que, assim, também se tornou meu. Ele sempre me mostra pão quente e fresquinho e terra para vasos livres da aflatoxina, a toxina encontrada na maldição dos faraós. Eu e ela continuamos a inventar e contarmo-nos histórias, sejam de gatos nos varais ou de andorinhas de asas encurtadas. Se não fazem jus a Machado de Assis, falam-nos muito do que a vida e a literatura podem ter em comum.

Beleza

Como toda gente, eu poderia levar uma vida em linha reta, sem sustos. Mas quem disse que eu tenho que gostar de ser como toda a gente? Sobrevivo da escuta e aí não há como deixar de ser levado por águas turvas. A audição é o primeiro sentido a se desenvolver e o último a desaparecer. Não deve ser por acaso. O escroto é que às vezes nos fazemos de sonsos, quero dizer, de surdos. Uma vez, colada no papel de mãe, me empenhei para fazer minha filha não ter medo de pau, pau de homem. O drama da menina era de ordem estética: ele é feio à beça, mãe. Tentei de tudo para resolver uma questão posta por Platão: o que é o belo? Apelei para Nossa Senhora, pode ir filha, a Madona faz vistas grossas para coisas sem beleza, faça também. Não funcionou. Apostei então no improviso. Nós duas fechadas num táxi numa transversal do tempo fomos agredidas por um taxista homofóbico. Diante de um rapaz que funkeava mais que a Anitta, ele propôs mortes aos viados. Eu, mãe ensinadora, então perguntei:

o que o senhor tem a ver com o cu dos outros? Ele se sur-
preendeu, nossa que grossa! Pensei que iria nos agredir
fisicamente. Paguei rapidamente a corrida e fui ver. Fui
ver o efeito da minha fala na minha filha. Afinal minha
filha também precisa aprender que existe gente que não
gosta de gente. Ela gostou da minha intervenção. No entanto, o cerne da questão continuava sem se mover. Ainda me mostrava pintos escondidos nas calças dos homens
a andar nas ruas e se arregalava, devem ser horríveis! O
que não se faz por uma filha? Ela, já com quatro namo-
rados nas costas e uma quase gravidez, precisava escutar
algo que a estonteasse. Meio no sufoco, eu então disse: é
feio, mas a gente gosta. Ela se rendeu. Que beleza! Lembrei Sócrates, a múmia, a perguntar para um artista o que
ele estava pintando. Quando o filósofo ouviu a reposta
— um cavalo — fez todo um comentário sobre a imper-
feição da tela — e olha que ainda não havia o cinema. O
verdadeiro cavalo seria o cavalo ideal, só alcançado pela
ideia de cavalo, aí sim mora a beleza. Jamais a cópia de
uma ideia poderia ser bela. Que coisa! Qual seria então
a ideia de um pau, quero dizer, de um belo pau? Melhor
nem pensar nisso e ficar com os imperfeitos, quero dizer,
com os feios e gostosos. A escuta é uma dádiva, mas não
se escuta qualquer coisa. Às vezes é uma junção de palavras simples — feio e gostoso, por exemplo — que abre a
audição. Meu marido é quase sempre um túmulo, calado

que só ele. Não é uma benção marido assim? No entanto, quando abre a boca, atiça. Cada vez que me mostra uma gravura de Fayga Ostrower, por exemplo, alardeia: pensar uma obra de arte é vê-la e cheirá-la. No momento em que se põe a ser poemas, escolhe sempre os menores. Como Carmen 85, de Catulo:

Odeio e amo. Por que o faço talvez perguntes,
Não o sei. Mas sinto acontecer e sofro.

Meu marido fascina-se: um poema quase todo feito só de verbos. E contradição. Depois se cala. Para que mais? Ele sabe que a vida é como o trabalho artístico. É a atividade diária que solicita inspiração e não o contrário. É feio ter marido de pouca fala? É. É feio e gostoso. Já nos separamos duas vezes, que ninguém é de ferro. Na verdade, formamos um casal que acredita na sabedoria chinesa. Assim, tudo se passa entre nós como se fôssemos um jardim. Se você possui um e precisa viajar, descole garrafas pets, jogue fora suas tampas, e as substitua por uma espécie de cone ou funil. Depois encha os recipientes com água e os enterre pela metade junto às plantas. Regula-se a quantidade de água em função da abertura feita no bico. Salva-se então o jardim. Meu marido e eu nunca tivemos planos para voltar — quem garante que volta de uma viagem? Mas o prazer de alimentar a terra era uma necessidade nossa. Como se nos fosse um legado, mais que a filha, mais que nós dois. Além disso, sempre imaginei meu casamento como um acaso feito do mesmo amor que Dostoievsky sentia pela Rússia, quero dizer, um amor atravessado pelo gosto e pelo desgosto. Quando o segundo pesava mais, rompíamos. A inclinação afetiva sempre nos interessou mais do que o que diz toda a gente. Ele então foi duas vezes ter boa sorte com quem nunca me interessou. E eu ampliei minha escrita. Deixei de só criar filha e marido e fui saracotear nos supermercados, local de gente aflita, sempre entre goiabada e marrom glacê, sabão em pó comum e de coco. Se passearmos neles na madrugada — há os que funcionam vinte e quatro horas —, a chance de *olá, como vai* é grande. E, claro, de coisas feias e gostosas. Não falo só dos paus. Falo também de poetas ativistas dos *slans*, pobres e negros, a pulular entre mercadorias e soltar o verbo como se estivessem revivendo a lírica grega, aquela poesia acompanhada pela lira e que, pura oralidade, só se guardava na memória. Como agora, nas nossas praças públicas, o valor de cada poema dependia do entusiasmo da plateia. E estar entusiasmado não é estar às voltas com os deuses? Namorei dois poetas entusiastas. Não só da poesia, mas também de uma escuta afinada, como a minha. Também me dei para economistas humilhados, aqueles que rompiam com os bancos posto que se recusavam a oferecer crédito para populações simples, sem educação financeira. Me envolver com fãs de Noel Rosa foi demais. Como o compositor da Vila Isabel, eram mais coloquiais, vida cotidiana. Mas não menos dramáticos. Os autores modernistas se livram do enfeite, mas não da vida como ela é. Não é o caso de Último desejo? Casos assim tive-os e muito mais. Voltei para meu marido por puro gosto. Queria ver o querer dele se fazendo de novo diante de minha escuta. Aliás, meu ofício, o de escutadora, se aproxima do fazer de um escritor. Se você não está atento, nada de literatura. Ou nada de amores. Mas o difícil é que só se está qualificado para a escrita ou para o amor quando uma boa escuta se reverte ou se prolonga em palavras e você passa a ser escutado. Um escritor precisa escrever, mas sua escrita só existe quando há leitores. Uma escuta como a minha precisa se desdobrar num dizer que só se completa quando alguém comigo faz amor, qualquer forma de amor. Quando voltamos na última vez, eu e meu marido convidamos nossa filha para sair de casa porque nos desejávamos. Fomos andar pelas ruas da cidade velha. Feia. E gostosa.

Sem nome

Ele realmente gosta de velórios. Não como um dentista que ama seu ofício, mas não gosta de sangue. Ou como quem lê para fugir da realidade e assim perde a literatura. Para ele, estar num velório é estar com um ganso. Primeiro conquista-se sua confiança rodeando-o até um abraço de nada querer se fazer. Depois espera-se o bicho aninhar-se no peito, a lua de través. Em seguida retira-se o pente fino da cabeça e com ele penteiam-se as cristas — gansos também têm cristas, que nem os galos. Depois das carícias, os gansos põem-se a dormir, vidas sãs. Num velório há o sono eterno. E o corpo, que se diz da alma ausente, é frio. Ele faz de seus dedos pentes para acariciar cada morto que visita. Fica como que à procura de cristas para exaltá-las no penteado por vir — sempre é surpreendente lidar com o que não se conhece. Não busca sentido para seu gesto. Não pretende vendê-lo no mercado. Só o que tem sentido pode ser vendido no mercado. Depois do pentear, desliza seu rosto na intenção de um beijo na boca do morto, intenção que não se realiza. Entre seus lábios e os do morto há então sempre um hiato, dado que eles não se tocam. Mas é nesse intervalo que habitamos as coisas. Nesses momentos sente que é violento, violentamente vivo. Como se fosse uma matriarca que ateia fogo à própria casa no dia de Natal simplesmente para ficar em paz — nem sempre as famílias respeitam o cansaço de seus membros. Ele precisa estar só num velório. Para torná-lo seu. Como com os gansos, precisa atiçar a confiança dos mortos para torná-los nossos. Há um jogo de forças entre gansos e ele. Ao ceder-lhe, os bichos o enquadram. Ao servi-los, ele os prende. Assim também entre vivos e mortos. Quando há carpideiras ele se desloca para um umbral e põe-se a comer tâmaras. Come-as e passa a vê-las rebrilhando numa noite de meia lua e chuva fina — para ele somos feitos de metades e pouca espessura. As carpideiras lhe dão nos nervos. São por demais óbvias. Não há nelas a obviedade de um gato que escolhe e habita seu lugar no mundo. Ou de um cão que vive do dono que já não existe mais. Quando se é contratado para chorar perde-se a obviedade do choro. Ele então deixa as lágrimas das profissionais da dor de lado e espera que lhe venha uma outra fome. Normalmente ela vem no momento em que os usuários do velório estão sonolentos, a força da vida exigindo-lhes um descanso. Ele então abre um pote de mel. Antes de alimentar-se pinga uma gota nas mãos do morto. Não ouve o que se passa no recinto — pode bem acontecer de um vivo considerar-lhe incauto. Ele não repara, tão absorto que está no regozijar-se com o mel. Despe-se das pessoas presentes, pura e simplesmente. Como se fosse um apicultor que recolhe o que lhe é vida com macacão, chapéu e máscara — sempre há de se cuidar da morte. Mais prosaico, sente-se também nessas horas feito um especialista em alma humana que estivesse a montar um prostíbulo ao lado da Igreja Matriz, para escândalo da pequena cidade e a felicidade — distância encurtada — do padre. Estar num velório não lhe é um ato religioso. Ele prefere não odiar toda a gente ao acusá-la de pecadora. Não se vê tendo de escolher entre o aborto e o suicídio. Assim, sem acusações, faz parte das cerimônias de adeus em silêncio. Avesso às esperanças sobre a existência de um outro mundo, prefere enternecer-se com os mortos como um filho de setenta anos que cuida delicadamente da mãe de noventa. Vivem agora da inocência quase sem segredos, de tão próximos um do outro e da morte que os convoca cada vez mais. Se há rancores, são esquecidos, senão como haver o tempo da delicadeza? Ele sabe que poucos alcançam o tempo da suspensão das narrativas e entregam-se aos cuidados que contam — um colírio para prolongar a vista do banheiro; uma pomada para proteger os pés de suplícios; uma fralda para evitar atravessar o corredor; um copo d'água na cabeceira. Quando se é próximo, as coisas próximas, ao alcance das mãos, são as que contam. Acompanhar um morto é cuidar de uma mãe viva com a qual se pode aproveitar apenas o tempo que sobra. É a chance única que temos de sabermo-nos: somos tempo em andamento, o único que apenas se sente. Além das carpideiras, há para ele outros inconvenientes nos velórios. O cheiro de flores é um deles. Porque parece querer enfeitar o que não tem enfeite: o corpo em decomposição. A violência da vida não se extingue com subterfúgios. Cruzes também o incomodam. Desviam o olhar de cada corpo em decomposição para ligá-lo a um corpo genérico que, se morreu por nós, não nos salvou da morte. Ele quer mesmo é a face amiga com quem conviveu. Só vai a velórios de amigos, para nela sentir o hiato entre seu lábio e o outro. Sua origem simples facilitou seu amor por velórios. Pai e mãe eram constantemente dados a encarar a morte sem nunca dela reclamar. Mais do que acomodação social, era uma forma de doar a única coisa que podiam doar: a pura presença. Ele então se faz presença. Contente por ter o que dar. Certo de que só quando se tem o que dar pode-se escapar do delírio de tudo ter. Feito uma ajuizada senhora que ao pressentir a própria loucura prepara as malas e anda bem vestida pelas ruas de uma cidade do interior até se internar num hospício. A violência muitas vezes é sábia. Gostar realmente de velórios, quem há de? Só os que andam pelos caminhos com a calma associada à violência — quantas ruas e quantas casas e quantas praças e quantas gentes e quantos céus e quantos pássaros e quantos invernos e quantos verões e qual a cor e o arrepiar dos cabelos daquela senhorinha ao chegar no hospício? A oscilação da vida na palma da mão: eis o que significa para ele estar num velório. Desde pequeno oscila. Quando criança sofreu uma aparição. Uma professora atingiu-lhe violentamente. Ele sentiu que era domado pelos cabelos cor de azeitona que teimavam em esvoaçar no meio das aulas. Da altura dos seus sete anos, fez o que pôde. Pediu para penteá-la. Ela, de costas, deixava-se domar. Ele, entre ingênuo e aflito, vivo, cuspia nas próprias mãos para mais facilmente tornar belos os fios que já eram mais do que de cabelos: eram dele. Demorou para a professora perceber a operação e gentilmente desviar-se de seus pedidos para lhe pentear. Mas o gosto ficou. Prolongou-se nos velórios. Para ele, estar com os mortos é esse prolongamento inevitável e inacessível à lógica. Não vive como uma pessoa que, muito estudada, desacredita do mundo. Sua estada mais parece com o quando escuta *Danúbio Azul*: de olhos bem abertos. Mais vê, do que escuta. Os aficionados por televisão lhe são estranhos — de tanto assistir não veem mais nada. Ele vê as coisas como come pudim de pão: sentindo-o. Não se trata de um ato voluntário. Ele sempre desconfiou sensivelmente de todo tipo de voluntarismo — quem é divulgado quando se pretende ajudar a África? Não quer isso para si. O que quer é sentir as coisas, todas elas. Como assistiu as chamas que vieram da vela, escaparam para a manjedoura e tomaram conta do Menino Jesus para a loucura, enlevo e nova via-crúcis de sua mãe — quantos dias e quantas semanas e quantas lojas e quantas dúvidas e quantas dívidas e quanta calma e quantos olhos e quantos vestidos e quantos sapatos e quantos ciscos e quantos anseios e qual a cor da chama da nova vela a iluminar o novo Menino e a nova mulher? Ele é sua mãe nos velórios. O puro gosto por meninos- -deus — seus amigos. Deus feito menino é uma imagem que sempre lhe calhou bem. Embora ele não saiba dela, embora ele talvez não a queira, embora seja muito mais o que pode um escritor agnóstico dizer quando procura simplesmente sentir e tudo lhe é fugidio. Ele, se pudesse, talvez apenas diria: tal qual uma árvore leva água até suas folhas através de feixes vasculares, gosto realmente de ir aos velórios.

Posillipo

Se alguém me chegasse quando eu estava na altura dos sete anos e perguntasse meu estado civil, responderia sem nenhum constrangimento: noivo. O que vou contar é a história do meu noivado. Sei dele como muita criança o sabe quando se diz enamorada de certa pessoa, pai, mãe ou o que valha a pena investir. Mas não é essa sabedoria que busco ao escrever. Se fosse, me bastariam as lembranças que vez ou outra aparecem sem pedir licença. Mas a memória não ajuda a contar uma história. Pode até atrapalhar. O caso é que sei o que contar, mas não sei como. E desconfio que quando o como se fizer a história não vai ser mais a mesma. Só me resta então ir atinando com o que escrevo. Vou colocar minha alma feia no papel — ainda escrevo no papel — e ver no que vai dar. Foi Clarice Lispector que disse que nunca tinha visto uma alma tão feia quanto sua letra. Eu não sabia que letra tinha alma, mas se tem, vou confiar nela. Não tenho outra saída, pois sinto que minhas lembranças escondem alguma coisa da qual não me livro. Não é alguma coisa que esteja guardada à chave. Não, ao contrário, é tão exposta que já não me dou conta dela. Nervo exposto, não é assim que se diz? Mas que ficou óbvio, ninguém liga mais. Enfim, vou escrever com o dedo que foi atravessado por um fio e vive na condição de corte. Talvez com ele ache algum feitio, uma letra de bom talho, algo que valha a pena dizer.

Morávamos no mesmo prédio, um edifício burguês de onze andares. Os corredores eram a verdadeira via de acesso ao que sucedia. Empregadas uniformizadas e senhoras transparentes de tão mal adaptadas ao casamento se irmanavam para ver, apreciar e avaliar os acontecimentos. Os corredores, pois, eram a vida do prédio. Mas uma vida de fundo: o corredor era o da área de serviço, propício para comentários deslavados, ternos ou cruéis. Nem a praça pública, que ficava bem em frente ao edifício, seria adequada para tamanha lavação de almas. No tempo dos meus sete anos a vida privada ainda andava com vergonha pelo espaço público. Aos corredores, pois, íamos. Eu e ela dávamos as mãos e ficávamos sentados na escada a esperar. Então as coisas sucediam. Unhas quebradas; traças no véu de noiva; anjos de natal empoeirados; palhaços e odaliscas indecentes; danças do ventre; cuecas com simpatia para dominar marido; pentes sem dentes, velas de aniversário; lápis e cadernos pela metade; gatos e cães desarmados; provas de roupas e de força físi-

VALSA DAS FLORES 135

ca e verbal; olhares perdidos. Além de todo tipo de comida — pão é amor entre estranhos, li em Clarice Lispector anos depois. Havia também música, aparelhos radiofônicos que entre uma canção e outra davam ou pediam notícias de um parente qualquer e sobretudo de um parente futuro — te amo, viu? Não lembro o que ouvíamos. Sei que os sons estavam lá, posso supor boleros e Ray Conniff, mas não os escuto mais. Minha lembrança não é acompanhada por trilha sonora, como acontece em certos filmes que fazem do passado o seu tema. Vejo nós dois nos corredores — íamos de um andar para o outro na certeza de ver coisas a acontecer — vejo nós dois, mas o silêncio marca nossa passagem. Como se eu estivesse fazendo parte de um filme mudo, sem sequer um piano no teatro para nos acompanhar e nem intertítulos para revelar o que dizemos. Tenho mesmo que fazer leitura labial, sem garantia de sucesso. Mas sinto que os lábios, como a letra, podem ser almas feias. Melhor deixá-los por vezes no embaraço de um enigma. De todo modo, estou só com imagens. Não foi Charles Chaplin que desconfiava do cinema falado? Mas as imagens não me são fáceis. Lembro de nossos rostos, mas eles não se movem. Como quando recordo meus avós ou meus amigos, não consigo ver o andamento de um rosto, seu detalhe a se fazer, seu contorno a criar um afeto. Sei que criam. Mas eles me parecem congelados, como se o tempo não quisesse passar e eu estivesse diante de uma foto e não de um filme. A memória então é como um fixador que gruda as coisas para elas nunca deixarem de ser? Nossa única experiência da eternidade é essa memória que liga peças como se fossemos quebra-cabeças, cada uma delas sempre a mesma? O difícil então é montar o quebra-cabeça que, é bom lembrar, também é mudo. É assim, mudo, que me vejo nos corredores daquele prédio com ela. Mas não nos limitávamos a eles. Às vezes ela vinha até meu apartamento e me levava para o seu. Eu, filho de pai e mãe, estava agora na companhia dela, filha de criação. Não sabia exatamente o que significava *filha de criação*, mas seu quarto compartilhado com a empregada da casa e suas roupas próximas das que usam as enfermeiras me eram sinais de que há filhos que são criados de forma diferente. Eu era bem recebido pelos seus pais de criação. Felizes eles ficavam ao ver a moça sossegada com um menino pelo menos quinze anos mais novo do que ela. Íamos então para seu quarto. Ela me punha na rede, aconchegava-me nos seus braços e nos embalava, seus pés tocando de fininho o chão. Havia música, como já falei, embora não a escute mais. Às vezes ela lia em voz alta revistas para moças. Havia nelas o conhecimento permitido às mulheres. Também não consigo ouvir o que me era lido por ela, mas posso adivinhar alguma coisa. Por exemplo: você sabia que mesmo se escalarmos um monte e chegarmos a nove mil metros de altitude não ficaremos com menos calor — a aproximação ao sol ainda é irrisória! Ou: a velocidade necessária para se quebrar a barreira do som é de 343 metros por segundo. Ou ainda: o estilo de escrever revela nossa personalidade. Mais: na Itália tem ópera todos os dias às duas e meia da tarde. E: em Nápoles existe um bairro residencial chamado Posillipo, palavra que quer dizer pausa da dor. Eu ouvia essas informações, mas não me interessava pelas imagens contidas nas revistas. Talvez só Posillipo tenha me feito erguer um pouco a coluna para apreciar qual seria a pausa da dor. Vi um mar azul de cartão postal e uma praia de turistas, o que não me chamou atenção. Mas é bom lembrar que estou só adivinhando. Não sei se ela realmente me contou o que escrevi ou se na busca de encontrá-la inventei um jeito de traçar seu perfil. Seja lá como for, difícil escapar da memória quando ela sugere dor — Posillipo reforça ainda mais a dor justamente porque é a sua pausa. Havia então dor no nosso encontro? Ou pelo menos uma pausa da dor? Ficávamos balançando na rede por horas. Como se fossemos religiosos irresponsáveis: se existem deuses, para que se preocupar com as coisas? Talvez à época uma melhor descrição do que eu sentia fosse essa: a de sono dado pela crença de que se eu tirei a casca mofada do pão posso comê-lo. Era um sono forte, como nunca mais tive. Como se ao me aninhar ela fosse arroz, o cereal misturado ao concreto na China para dar mais força à muralha. O arroz como sensação de força. Na minha lembrança silenciosa só me veem sensações. Mas falta algo. Passarmos dias de sol e chuva ao embalo da rede ainda não me convence da força que nos unia. Agora talvez eu possa arriscar e escrever que aquela frescura toda entre nós dois pode ser descrita pela palavra *maciez*, já que a nomeio ao descobri-la como parte da minha alma, quero dizer, da minha letra. Mas ainda estou metido a achar sua medida, a justa medida de um noivado fora de série. Sei que ela se foi completamente de mim em um momento que não consigo sequer adivinhar. Não bateu asas, simplesmente desapareceu, me deixando com fragmentos de sensações que insistem em se desdobrar em alguma coisa que ainda não me veio. Talvez seja juntando fragmentos que colecionamos algum dado que se pode chamar de autêntico, posto que sensação. Não sei. Posso imaginar uma cena, dotá-la de música e diálogos ou pelo menos de intertítulos para fabricar um sentido para nossa separação. Ela acabara de provar seu vestido de noiva, estaria com um véu livre de traças, as unhas bem torneadas, os olhos achados. Iria ser feliz, pois sobretudo teria filhos seus, não de criação. Eu ficaria feliz: seria seu único filho de criação. Pegaria em suas mãos pela última vez antes que o altar a engolisse junto com a família que a mantinha no seu devido lugar. Seria um sumiço de guardar no coração, como nas novelas, nos filmes, nos livros, nos quadrinhos, em todas as ficções desacostumadas da vida. Seria eu feliz com esse desfecho? Poderia ligá-lo a uma sensação de que tudo se deu como deveria se dar? Se pudesse, ainda imaginaria para ela um casamento de sucesso, muitas visitas nas quais eu seria comtemplado com canudinhos de camarão e pastéis de bacalhau. Mas quem disse que ela sabia cozinhar? E para que forçar a letra? Espero ainda por uma resposta que complete o quadro que faço daquela maciez de rede. Usei ainda há pouco o verbo *forçar*. Veio-me então com uma nitidez de morte definitiva uma fala de minha mãe quando comentou sobre a vizinha que havia desaparecido: anda apanhando do amante. Agora então se me aparece a palavra *desassossego*. Escrevo-a como ela é: estranha, difícil de escrever. Por que demorei tanto a encontrá-la? E por que veio pela boca de minha mãe? Não sei e pode ainda acontecer de eu estar a ser enganado por ela. Não me incomodo. Gosto de ser enganado pelas palavras. São sempre lusco-fusco — o que faz a graça e a ousadia do escrever. Claro está que se as palavras são assim, bizarras, tudo pode ser colocado de pernas para o ar. Mas os escritores podem pelo menos soltar sombrinhas na sua forma gramatical: os guarda-chuvas são interrogações, já notaram? O mundo existir como uma dúvida é tudo o que põe um escritor a escrever. Mas para duvidar ele não pode abrir mão das pala-

140   *Alex Moreira Carvalho*

vras. Elas insistem. Maciez. Posillipo. A pausa da dor. Do desassossego. Agora vejo: atravessar o corredor para estar nos braços dela era minha pausa. Nunca vi meus pais sossegados. A mãe era sempre refém da sua salvação — o casamento. O pai prisioneiro da sua força — o trabalho. Em casa os dois se adaptavam muito mal ao lar. Minha vizinha, por sua vez, era filha de criação, o que não lhe dava plenamente a condição de filha. Quando estávamos juntos éramos maciez. Ou mansidão — as palavras gostam de se meter no meio de outras. Éramos a pausa dada por um noivado que talvez revele o que ele ainda é: um pequeno momento de sossego. Dizem que a memória nos defende de nós mesmos. Não sei. Sei que ao escrever sobre meu noivado encontrei primeiro a palavra *maciez* como uma forma de descrevê-lo. Só depois me veio *desassossego*. Tudo se passou como se eu não quisesse desassossego, como se a maciez da qual falo existisse sem contraste, sem cruzamento com um seu possível antônimo. Mas ainda não estou satisfeito com a descoberta da existência em minha vida de uma pausa em estado absoluto. Desconfio que ainda estou a me enganar. O jogo com as palavras me obriga a desvelá-lo. Assim me dispo agora de meus disfarces literários para me arriscar. O que vou dizer é perigoso, mas não tenho saída. Vou dizê-lo sem pompa e circunstância, pois só assim posso merecê-lo. Vamos lá então: descubro agora que ao escrever esse conto eu queria a pausa do mundo que só existe na escrita. Não que não existíssemos, eu e minha vizinha. Não que não tivéssemos momentos correspondentes à palavra maciez ou que não estivéssemos na lida com uma experiência de sossego sem contrastes. Sim, havia um mundo no qual habitávamos. Mas ao transpô-lo para a escrita eu fiz dele um outro mundo. Criei-me uma pausa da dor que só existe no papel e que por isso mesmo me escreve. Eu sou a pausa quando escrevo sobre a pausa. Ela passa a ser a medida do meu desejo de reencontro com aqueles corredores e aquela mulher que agora vejo com mais clareza porque ela me cria quando eu a crio. As palavras às vezes me faltam. É bom. É como se colocassem uma arma na minha cabeça para eu deixar de ser fiel a elas e entrasse definitivamente no seu jogo de armar — e estamos de volta ao quebra-cabeças. Mas devo salientar que meu desejo por palavras é meu desejo por reencontros. Aquela vizinha que me fez seu par e me deu a visão de um noivado de pausa que ainda insiste vez ou outra. Quero retomá-la ainda mais ao escrever sobre nós. Mas agora ficou um pouco mais difícil. Sinto que já a cerquei demais, quase lhe tirei o direito de viver independentemente do que escrevi. Um dia, quem sabe, conseguirei um feitio melhor de abordá-la. E nosso reencontro seria assim:

Bruxa

Ele é pequeno como uma chinchila e feio feito um peixe-bolha. Mas não sou eu quem o descreve assim. Ao contrário dos seus conhecidos, prefiro chamá-lo de *bruxa*. Algum parentesco poético existe entre ele e a menina muito contente da música *Joia* de Caetano Veloso.

Copacabana
Copacabana
Louca total e completamente louca
A menina muito contente
Toca Coca-Cola na boca
Um momento de puro amor
De puro amor.

Uma alegria assim, puro momento de amor no meio da loucura total, lhe é fácil. Não que saiba de canções atonais ou aliterações — *Toca Coca-Cola na boca*. Nada disso. Sou eu que tento figurá-lo com meus recursos de escrita. Ele mesmo é mais ágil. Quando lhe perguntam o que é a felicidade, age de modo estranho, como se a pergunta mesma fosse estranha. Desconcerta-se. Mas não porque não saiba respondê-la e sim porque não vê sentido nela. Pressionado, diz que a felicidade é um horizonte azul e sopa de beterraba. Prolonga-se para explicar apenas o poder da beterraba: é boa para a digestão, melhora a evacuação. Pronto. Aliás, é do seu maior gosto expor as propriedades vitais daquilo que deveríamos comer e não o fazemos. Pés de galinha, por exemplo, têm alto teor de vitaminas e minerais, são ricos em colágeno que rejuvenesce a pele, além de emagrecer, e fortalecem unhas e ossos. Já cascas de ovos ajudam na formação dos ossos e dos dentes, o que gera equilíbrio corporal. Mas atenção: devem ser muito bem preparadas. Primeiro devemos cozê-las no forno a noventa graus. Depois moê-las até se transformarem em um pó fino. Só então devemos comê-las, salpicando-as nos ovos mexidos ou no que nos apetecer. Ele também discorre sobre as fartas doses de vitaminas e sais minerais que um coquetel de manga com leite proporciona. Mas gosta mesmo é de salientar o quanto é bom comer jiló para a saúde do coração. Aliás, o que não lhe falta é saúde. Pode-se mesmo adivinhar-lhe os dentes e ossos saudáveis. Mas não é por conta de seu corpo sadio que o chamo de *bruxa*. Às vezes um nome vem quando se joga conversa fora. Foi o que aconteceu, até porque ele só conversa assim: por nada. Feito uma cozinheira na conversa mole com a massa até ela dar liga, ele vai se mostrando quando menos se espera. Foi assim comigo. Por conta de umas questões contratuais fui a um parque de diversão. Encontrei-o como responsável pela limpeza e manutenção do trem fantasma. Não sei por qual motivo começamos a conversar — talvez o atraso do dono do parque ou a sede que eu tinha. Só sei que o calor nos fazia sofrer. E ele, para nos aliviar, me convidou para entrar no trem, onde me deu uma garrafa d'água, lenços de papel e comentou que o importante não é sofrer e sim sofrer bem. Eu não sabia da existência de trens refrigerados que faziam a gente sofrer menos ou sofrer bem, como ele disse. Mas a situação estava posta e eu já fisgado: quem é esse moço? Ele entrou no espaço fechado com uma desenvoltura de quem não se incomoda em trocar de roupa para sair de casa. Passou a me apresentar o que chamou de engrenagem das almas penadas. Mostrou-me todos os fios elétricos e as roldanas que faziam as almas funcionarem. Mas não me convidou em nenhum momento para percorrer o espaço na condição de pessoa sentada no trem. Ao contrário, me disse que seria melhor andar por dentro da engrenagem, que é onde os sustos são fabricados. Fomos então atravessando pequenas portas empoeiradas, labirintos carcomidos e cortinas puídas. Ele salientou que fazia parte da sua manutenção não endireitar nenhum desses sinais de descaso. Eles são assustadores justamente porque são o descaso. Diante de um boneco que arremedava uma alma penada, paramos. A estrutura era simples. Ferros contorcidos que se remexiam ao ser tocados pelo vento da passagem do trem. E um lençol que talvez um dia tenha sido branco, onde ele assoou o nariz. Fez-me bem. Porque estava a atinar que fazia parte de uma experiência de desmoralização do trem e sobretudo das almas penadas. Mas não. Ele se sentou no chão de terra batida e afirmou que entendia muito bem as almas penadas que têm que voltar porque deixaram compromissos na vida terrena — é uma questão moral. Vi-me então acompanhado não só das figuras do trem fantasma como de seus comentários. Eram mais anotações do que comentários. Algo assim como um desses alarmes de pânico instalados nos ônibus: sabemos onde estão, mas quase nunca os utilizamos. Ou talvez fosse outra coisa, uma ponderação como as que são feitas pelas travestis antes de irem para cama com seus clientes. Pode bem ser que lhe fosse assim seu trabalho, que é o que fazia quando estava comigo. Descrevia a natureza do seu trabalho — manutenção e limpeza do trem — como dotada de um significado vivo. Era como se me dissesse que não basta soletrar palavras, mas compreendê-las. Só assim elas se tornam letras vivas. Mas tudo *era como* apenas no meu esforço de dizer o modo como ele me dizia as coisas. Ele mesmo simplesmente ia. Ao passarmos pelos zumbis lamentava a existência de vidas sem vontade própria. Quando na frente de vampiros, garantia que muita gente vive da essência vital de criaturas vivas. No caso das múmias, colocou que seria bom que todos fossemos preservados. Já diante das bruxas se tornou inicialmente silencioso para só depois afirmar que se sente uma bruxa. Olhei-o e seus olhos brilhavam na quase escuridão do trem. Ele me viu sem muito entendimento e tentou me ajudar: não sei dizer direito, mas têm as coisas que eu posso tocar e têm os sentimentos que boto nelas; têm os vampiros e tem a dor, as múmias e a alegria de viver para sempre, as bruxas e os outros mundos que elas trazem; não sei, mas acho que sou bruxa porque sou um elo entre duas engrenagens. Eu nunca havia escutado uma descrição tão clara dos liames que existem entre realidade e ficção. Mas ele foi além. Sentou-se perto do trilho e de uma caveira vestida com uma foice para então me encarar novamente: você já viu um cão sereno? Vale a pena, é bonito de dar gosto. Não acho que um cão fica sereno porque não pensa nas coisas e assim não sofre por elas. Acho mesmo é que ele não força a barra, deixa a vida levá-lo. Claro que sofre — o dono ainda não voltou, a barriga ronca, o cio está por um triz, a lua não aparece para ele latir — sofre um bocado, mas não luta contra tudo e contra todos, sofre bem. Pensei eu que há então um puro momento de sofrer bem no meio do sofrimento geral. Perguntei-lhe se ele não tinha medo da morte. Ele se levantou, limpou as mãos e foi simples: adianta? Continuou, agora iluminado pela luz de um isqueiro, já que chegávamos a ponto pouco claro: não sou só uma bruxa, sou também alma penada, só que meus compromissos têm de ser cumpridos enquanto estou vivo, no caso acionar as duas engrenagens do trem fantasma — meu trabalho é minha moral. Surpreendi-me com tamanha destreza verbal. Mas logo o perdi. A luz do isqueiro se foi, a escuridão nos tomou conta de vez e eu fiquei a chamá-lo do único jeito que sabia: *bruxa*. Ele continua lá, às voltas com o trem e sua moral. Pequeno e feio, para mim é apenas bruxa. Ou Bricta, a deusa gaulesa que com engenho produz encanterias.

Perfil

Para Sandra

Festa da família. Convidaram-me para falar sobre minha mãe, a homenageada da vez. Disseram-me que minha condição de filho facilitaria a tarefa. Também acrescentaram que sou escritor, sei manejar as palavras. Com um ar de inocência e enfado, aceitei. Tudo seria simples e rápido — uma homenageada morta não pode retrucar o que se fala dela. E depois do meu discurso a festa deveria continuar, para satisfação de todos. Muitos porque não me escutariam — nunca teriam ouvido falar daquela parente, tia de qual grau? Outros por um motivo mais estritamente familiar: ela jamais deveria ser homenageada. Os melhores quereriam mais que tudo beber, beber até dançar, dançar até cair, levantar e dizer: até a próxima festa! Preparei-me então para um discurso indireto livre, compondo-me na medida que palavras e frases soltas de minha mãe me vinham e me compunham.

O negócio era não pensar seriamente em minha mãe. Só assim articularia uma fala leve e solta — festa de família é só alegria, nada de dramas, alguém me avisou, o cheiro de *whisky* me chegando pelo telefone. Pus-me então a levemente recordar. A primeira: minha mãe gostava de bananas, ei filho, aquela ali tá pedindo para eu comê-la. Mas já essa lembrança involuntária me traía. Eu via uma mãe que desconhecia — ela se deixava seduzir por bananas? Não que eu desconhecesse seu gosto pela fruta. Mas agora ele aparecia com uma avidez sem rédeas, como se antes eu o enquadrasse numa mulher tão bem-comportada que não comportasse um desejo. Meu susto de descoberta perpassava uma mãe que, no entanto, ainda estava por ser encontrada. Lembrei do seu gosto pelas ruas. Pelo passeio público. E da forma como interagia com as prostitutas. Sorria um sorriso de pena e de compreensão — pelo menos elas ainda se vestem e se pintam, dá para ver que ainda sonham e têm segredos. Depois catava uns trocados para oferecer ao mendigo de anos que fazia ponto em frente ao seu prédio. Conversava um pouco com ele num esforço de não lhe parecer superior — faltavam-lhe as pernas e os braços. Mas não lhe faltavam a fins. Sempre estava a fim de mulheres bonitas, de comida bem-feita, de roupa nova, de sapatos enxutos, de carros, de minha mãe. Ela então conversava — o tempo, a saúde, a alegria, a tristeza, o mundo cruel e a esperança. Dava-lhe umas moedas e ia para casa a fim de descansar — não é fácil lidar com as ruas. Não se incomodava quando lhe falavam para deixar de ser trouxa, que o cotoco era um aproveitador, só de casa já tinha sete. Ela ria, com tantos braços e tantas pernas, quantas casas você tem? Prostitutas e mendigos não me aparecem agora apenas como dignos de dó para minha mãe. Ela os queria ao se deixar seduzir por eles. Ela os via — seu desejo de ser gente passava por eles. Não era apenas a boa moça no afã de se comportar como primeira dama. Não era, como eu pensava até então, uma pessoa bondosa. Minha mãe era ávida de humanidade. Uma avidez que se realizava também na fome de natureza que ela tinha. Como se ela tivesse conseguido de alguma maneira um contrato leve entre civilização e natureza. Foi o que vi quando passei a lembrar sem esforço do que lhe apetecia comer. Vi que ela agia como uma transeunte seduzida pelas cores das frutas — o amarelo do pêssego cortado ao meio, o vermelho suado da maçã, a saliva verde da pera, a rosa da manga--rosa. Ela enfim caía diante de tantas tentações. Mas o *enfim* é por minha conta. Ela mesma apenas caía. Com uma elegância de quem abre a boca para tudo aproveitar do gostoso de cada fruta sem abrir mão das unhas cortadas e pintadas discretamente. Posso ver também sua boca avermelhada de desejo se compor no trato cuidadoso de cada fruta — a gente precisa saber que as frutas têm seus caprichos. Mas não só elas. Quando na hora do almoço ou do jantar, minha mãe ouriçava-se a cada prato. Recordei-me de alguns. Jiló, que ela comia sem mistura. Quiabo, que fazia parte do frango. Gordura da carne, mordida com força. Pele de galinha, com pimenta. Coração de boi, com cerveja preta. Bife de fígado, acompanhado do comentário de que faz bem para artrite. Cu de galinha — nunca vi ninguém salivar tanto. Havia também os sorvetes. O calor permanente da cidade onde morava era um convite para saboreá-los. Contra quem falava mal dos gelados, minha mãe apostava na sabedoria chinesa. Não seria possível povo tão sábio ter inventado há mais de três mil anos algo ruim. Então, aproveitava. O de tapioca era tomado de tal forma que podíamos ver as bolinhas indo e vindo no céu da sua boca. O de cupuaçu era de lambuzar a blusa. O de açaí caía-lhe pelos cantos da boca e competia com sua cor morena. O de graviola soltava-lhe pedaços da fruta no chão. O de taperebá demorava para ser tomado: ela ficava feito zumbi diante daquele amarelo. Depois de cada sorvete sempre se recompunha de uma sujeirinha ou outra, armava um ai e pedia para passear — debaixo das mangueiras, que ninguém é de ferro. Ela era um gozo só. Quase pude pegá-la quando me veio a recordação da cena em que a vi pela primeira vez nua. Ela saiu correndo do banheiro, as mãos no rosto — não no sexo ou nos seios — e as palavras que disse foram tão simples quanto certeiras: tem uma cobra no vaso sanitá-rio. Tinha mesmo. Eu, uma criança com uns sete anos, quis ver a cobra. Ela não deixou. Abraçou-me com o seu corpo nu e desatou a reclamar de Nossa Senhora, apronta cada uma! Lembrei-me também de uma madrugada de chuva forte, daquelas de estremecer janelas fechadas. Ela recebeu uma ligação de meu pai. Vistoriou o quarto onde eu dormia com meus irmãos. Depois só pude ouvir a por-ta do apartamento sendo fechada. Pela fresta da janela a vi chamar um táxi. Sem saber o que fazer, dormi. Só acordei no outro dia, a cabeça esquecida da noite. Não fosse seu riso de mulher fácil e minha curiosidade, eu não teria sabido o que tinha acontecido, seu pai é tosco, onde já se viu viajar com uma meia azul e outra branca? Minha mãe e seu apetite pela elegância — era o que eu via mais uma vez. As roupas que vestia sempre eram sóbrias. Mas um decote minúsculo ou a falta de mangas numa blusa ou vestido lhe eram a mostra de um corpo que se mostra-va ao se guardar. Um corpo — minha mãe agora me apa-recia como um corpo. Já não estava mais preparando um discurso para homenageá-la, mas tendo uma mãe que nunca tive. Confiante na lógica da desatenção, abri uma gaveta e no meio de tantas fotografias suas puxei às cegas uma. Era um *close*. Seu rosto tomava conta de toda a foto, que foi feita para um porta-retratos de cabeceira de cama. Ela estava bonita. Mas tudo parecia muito convencional.

A roupa que usava, o sorriso, o cabelo, as falsas joias — um típico retrato de uma pessoa de classe média que vivia nos anos cinquenta. Mas algo me sobreveio. De repente vi outra mulher. Saliva escorria da sua pele. O nariz arfava. A boca se abria como se fosse arrebatar algo assim como um figo, só para vê-lo partido ao meio. Os olhos saltavam e se mostravam fartamente, primeiramente para o fotógrafo, depois para quem visse a foto. Mostravam-se para mim, que pela primeira vez via tão aberto o desejo de desejar e de ser desejada de minha mãe. Mas se tanta avidez me veio quando descrevi seu rosto, não saberia nomear seu objeto: o que mesmo minha mãe desejava? Consegui ver seu desejo de humanidade. Bastou rever seus encontros nas ruas e usar palavras que até então não usava para situá-la — quando se usa palavras sempre se coloca algo ou alguém em situação. Também me vieram situadas suas fomes de natureza — frutas, carnes ou o que mais eu não consegui lembrar. Mas ainda era pouco. Faltava ver o que ela queria de si mesma ao olhar tão vivamente para a lente que fixava um instante seu. Quando se chega nesse ponto da procura por alguém, melhor correr o risco do lusco-fusco do que a certeza de uma limpidez. Foi o que me aconteceu. Por mais que tentasse, não conseguia abarcar minha mãe no que ela queria para si. Lembrei-me de uma fala solta que ela eventualmente largava no meio de uma conversa, a madrinha era meio louca, me queria só para ela! Se consegui ver um desejo de independência na escuta dessa memória, não soube expressar qual seria a situação de liberdade que ansiava minha mãe — marido, filhos, Deus? Desconfiei que ela desconfiava de soluções tão fáceis, sabe, meu filho, a gente vai mudando com o tempo, feito mudas de pele de serpentes que se desprendem inteiramente; você já notou que nossa pele muda? A mutação do desejo: como sabê-la na minha mãe? Eu poderia falar da sua história com os homens. Eles existiam, aquém e além do meu pai. Mas não consegui vê-los. Foi então que percebi que as coisas não apenas passam, mas podem também permanecer em segredo. Mais: podem ser misteriosas. Os homens da minha mãe bem podem ser isso: segredo e mistério que ela guardou em si, inclusive de si mesma. Então a foto me dizia algo — sua avidez — mas também me ocultava muito — avidez do quê? Outra questão se apresentou na minha revisita à fotografia. Se a imagem me apareceu nova não seria apenas porque eu era outro? Que perfil afinal posso traçar de minha mãe? O jogo entre palavra e imagem nunca é muito nítido. Mas não resta nada a um escritor senão jogá-lo. Distraidamente, mas também com duro esforço: encontrar uma mulher onde só havia até então uma mãe adequada requer coragem na escolha e costura das palavras. E a certeza de que vou fornecer-lhe apenas mais um esboço — o que já é uma vitória da escrita diante das coisas que não param de passar e além de tudo podem ser misteriosas. Como as mudas de pele das serpentes. Contentei-me então com mais um perfil de minha mãe. Dias depois, retomei a foto enquanto massageava meus pés — os indianos apostam que pés relaxados aguçam o olhar. Vi sobrancelhas e queixo salientes. Mas eram saliências discretas. Confirmei então a natureza do desejo sem nome de minha mãe: discreto. Sem se expor demais. Preservado algo que nunca será dado ou manifesto — não é assim também o desejo de escrever? Com discrição, para não dar tudo de bandeja. Não porque não podemos. Mas porque não sabemos — talvez aí a graça dos dois, já que minha mãe e a literatura se parecem. Acabei por descobrir que ao escrever sobre ela estava a escrever sobre minha oscilante tarefa de escritor. Vi-me então como um gato que com apenas três patas se vê dando um pulo e caindo de quatro. Ou feito um bêbado que tremeluz até abrir a porta da casa que não é a sua. Ou um menino que cospe chicletes na pia batismal e logo após faz o sinal da cruz. Ou ainda feito a louca que guarda dinheiro debaixo do colchão para quando o carnaval chegar. Minha mãe enlouqueceu. Punha-se nua na varanda do apartamento — nem vestimentas, nem pintura. Uma exibição que não lhe fazia jus. Um pouco antes de se deixar levar pela insanidade, me disse que não via mais razão para continuar viva. Despir-se então agora me vem

Alex Moreira Carvalho

como a retirada da elegância com a qual minha mãe vestia seus desejos. Tão afastada assim do contrato velado que estabelecia entre a natureza e a civilização, minha mãe tinha razão: melhor não viver mais.

✳ ✳ ✳

Pula da cama. Corre até o banheiro enquanto tira a cueca e a camiseta. Toma banho, mija e escova os dentes ao mesmo tempo. Passa loção pós-barba mesmo sem ter feito a barba. No lugar de desodorante usa perfume caro nas axilas. Sua de montão ao vestir a calça e a camisa no mesmo gesto que também lhe joga os cabelos para trás num penteado que lhe agrada. Fecha o cinto e só depois de colocar a carteira e o celular no bolso passa batom de cacau, que lábios secos não trazem sorte para ninguém. O relógio, usa o do celular. De quando em quando o retira do bolso para conferir a passagem de vinte minutos desde a última vez que o consultou. Não pode errar. Confere a passagem dos vinte minutos, olha para baixo. Se estiver nas ruas, mira bueiros. Se no escritório, olha para os ralos todos: dos esgotos, das banheiras, dos lavatórios, dos tanques — aqueles que estiveram mais perto. É que acredita em anjos da guarda. Eles veem de vinte em vinte minutos. Mas não do céu, como todo mundo pensa.

Veem de baixo, porque precisam dar umas boas lições de moral ao Diabo, botá-lo no seu devido lugar, antes de nos encontrar e com aquelas mãos que só anjos têm nos fazer aquela massagem. Anjo guarda a gente é nos acalmando, sossega, filho, que tudo vai se ajeitar depois da desportiva que estou fazendo. É uma massagem que dói para caralho, a desportiva, mas fazer o quê? Anjo sabe o que faz. Anjo que é anjo tem que ter pegada forte, personalidade, senão não seria anjo, seria pinto que acabou de sair do cu da galinha. Então o negócio é se sentir bem massageado. É fácil ficar bem assim. A gente sente que todas as nossas articulações estão azeitadas, que osso com osso se juntam de forma bem macia, e não dói nada. Se calhar, podemos até ver nosso coração no movimento de expulsar e encher suas cavidades. Alguém falou em sístole e diástole, os dois nomes dos movimentos do coração. Mas para que complicar? A gente sente a coisa andando como se sente a chegada do anjo da guarda. Um bem-estar de não deixar dúvida. Não dá preguiça olhar o relógio tantas vezes? Dá não. É como olhar de soslaio para mulher ou homem que esquenta a gente, dá preguiça? Olha com alegria, que vida sem anjo não dá. Quando dorme prescinde de olhar, pois não carece. Anjo da guarda passa a viver nos sonhos quando a gente adormece. E pronto, de lá protege com a mesma força que tem durante o dia. Basta lembrar que quando pesadelos nos atacam todo mundo acorda para parar de se doer, eita coisa boa! Às vezes, em padarias, vê o anjo saindo pelo encanamento de gás e se fazer meio o gênio da garrafa no meio do povo a cobiçar pão com manteiga. Ele se ri, pois sempre imaginou que anjo era assim mesmo: feito de gás. E fica mais calmo antes de ir para o trabalho ou voltar dele ou algum outro compromisso. Mas hoje ele não está indo trabalhar. E nem chama de compromisso o encontro para o qual vai. Espera a última benção do anjo, feita na calçada, e entra. Pede uma dose de bombeirinho e espera. Acender um cigarro não acende porque quer manter os lábios lambuzados de batom. Também não enxuga o rosto porque barba malfeita combina com suor. No mais, cruza as pernas, sente o sexo lavado e acalmado pelo anjo, e se põe a balançar as pernas. A calça jeans lavada à mão, as meias de cor neutra e os sapatos de segunda — achou-os no meio da rua, mas estavam bons, meu Deus! — tudo lhe é espera e já um gozo — dizem que a espera do gozo é mais gostosa e mais viva do que o próprio gozo, que logo acaba e deixa um gosto de morte. E então, como que do nada, uma porta se abre, luzes viram lusco-fuscos, as mesas começam a se encher de gente e ele pigarreia. Está no balcão do bar para ver melhor o que vai se passar. Pigarreia de novo e pronto: as putinhas entram serelepes na casa de espetáculo — o seu anjo lhe garantiu que casa de espetáculo é melhor que bordel ou prostíbulo, pois se exige atestado de saúde das mulheres. Ele vê todas elas com o risco no olhar, aquele que gatos têm e que se aguçam quando estão no cio. Uma mais velha, uns sessenta e cinco anos, porta apenas sutiã e calcinha, como que para ressaltar sua boa forma. Outra mais nova, uns cinquenta, é gorda como uma jamanta, mas rebola que nem lavadeira lavando roupa ao pé do rio, pouca roupa veste, aliás. Uma terceira, também cinquentona, fica parada do alto dos seus dois metros e mais os dez centímetros do salto da bota, única coisa que usa. Ele vê ainda mais duas. A loira oxigenada que usa shorts de lutador de box e duas margaridas de verdade nos seios. E a baixinha de peruca vermelha que tatuou o nome de Jesus Cristo na bunda — Jesus numa banda e Cristo na outra. As duas andam pala casa dos sessenta anos. Há outras, mas ele segue o que lhe dá frisson, que é como o anjo quer que ele aja, com frisson. Todas elas, já se viu, com idade a partir de cinquenta anos. Ele, vinte e um. Ainda é auxiliar de escritório, mora numa pensão para moços, não tem família, amigos ainda virão e como gosto de viver encontra o anjo de vinte em vinte minutos e as mulheres de espetáculo uma vez por semana — para não ficar na mão, porque o anjo falou que bater punheta não cria pelos na mão, mas também não satisfaz como devia. Quem é ele para duvidar de anjo? A casa é bem baratinha — o bombeirinho só custa sete reais, embora ele desconfie que tenha mais água do que cachaça. As meninas — elas gostam de ser chamadas assim, meninas — as mulheres custam um pouco mais, quarenta, às vezes cinquenta reais. Mas é que ele tem seus caprichos. Prefere quem não tenha pentelhos e que não se incomode em ouvir *Ave Maria* de Schubert na hora agá. É fascinado pela canção, que ouvia no rádio toda vez que o sol se punha naquela cidade de interior onde só se escutava sertanejo. Dava-lhe uma tristeza assim de não saber nem nomear. Mas também uma alegria de estar vivo. Foi numa dessas seis horas da tarde que viu pela primeira vez seu anjo. Saiu-lhe de uma poça d'água para lhe fazer companhia no meio daquela tristeza misturada com alegria, que era o sentimento das seis horas. Foi nessas horas que também começou a pensar em si e na sua vida: o que faria dela? É assim mesmo, disse o protetor, vou te dando umas dicas, mas já aviso que tem uma coisa que eu não posso ajudar: não me peça só alegria que isso não existe não; sou anjo bom, não engano ninguém, mas a bondade de um anjo está em ele não dourar a pílula, ok? Ok. Então ele passou a amar Schubert, embora dele só conheça a *Ave Maria*. Sabe que tem outra, a de Gounod, mas se apressa em corrigir quando alguém confunde as duas. Questão de preferência. Como é seu gosto pelas putinhas, que é como chama putas mais velhas. Que devem caprichar: sem pentelhos, não avessas à *Ave Maria* e mais uma coisa que ele demora para dizer, mas, encorajado pela massagem do anjo, diz. Gosta de adiar o gozo até que uma vontade grande de fazer xixi lhe venha e ele goze e mije quase ao mesmo tempo. Elas não ligam quando ele se expõe assim. Ao contrário, até acham, sem o dizer, uma tara bem pequenininha. Afinal, prostitutas antigas já viram tanta coisa que estão próximas de sorrir de verdade, o que só acontece quando você aprendeu que vamos todos morrer mesmo e não vai sobrar nada de nada. Ele também pensa assim, mas à sua moda. Diz, por exemplo, que não entende porque tantos homens se põem a falar de futebol vinte e quatro horas por dia na televisão — tanta falação iria mudar o resultado do jogo? Além do mais, ele não suporta tanta ajuntação de testosterona, parece-lhe uma briga de galo onde o galo não pode gozar. Prefere então nesse caso bater uma a ver programas tão sem sal. Também fala do nada quando comenta dos funcionários da empresa onde trabalha. São tão obedientes quanto golfinhos, mas sem o ar de riso que só os golfinhos têm. De que adianta obediência assim, desprovida de riso, que é só o que sobra quando se entende que tudo vai dar em nada? O nada brilha em cada situação dessas. Brilha assim, desconcertando. Ele então segue o anjo — segura o gozo até que goze e mije na sequência. Nada demais, pensa. Se amanhã não estarei mais aqui, por que não me dar uns presentinhos de Deus? Sorri aquele sorriso que só um golfinho tem e que só aparece em nós depois de um gozo bem dado, ah! Hoje ele ainda não escolheu: a loura oxigenada? A parceira de Jesus Cristo? Está a ver o que fazer quando eu entro em cena. Estava a me aprontar e vez ou outra via seus movimentos pela fresta da cortina do palco onde daqui a uns minutos vou fazer meu número. Sei que ele vai me querer. Como dois e dois são quatro. E sei porque também eu tenho um anjo da guarda. Foi ele que me avisou, olha lá, veja bem aquele ali, vai dar samba. O que precisa para dar samba, perguntei para o anjo. Ele foi curto e grosso: nada, o nada. Acrescentou ainda o que sabia daquele que está ali à minha espera, embora não o saiba. Ouvi tudo como se estivesse a ver um filme do Zé do Caixão: com frisson. Então vou entrar em cena vestida com minha melhor vestimenta: meus cinquenta e oito anos. E uns adornos. Um par de brincos da Tailândia feitos de contas cor de abacaxi. Um colar *nó do coração*, que minha mãe me deu como voto de boa sorte quando entrei na vida. Nos seios ainda tesos, só suas linhas naturais. Na parte de baixo, um biquíni estampado com penas de pavão de Krishna. As botas de gladiador romano completam meu quadro. Respiro fundo e vou. No centro do palco me sinto uma mulher segura do que faz — a única forma de segurança no mundo é saber que você é uma performance — adoro essa palavra teatral, *performance*. Então amplio a cena. Vejo à minha espera um homem que de longe toca saxofone para me iluminar. Meu anjo me diz que muitas vezes é bom imaginar coisas assim, um homem, um saxofone, uma espera com brilho musical. Sei também que quem vem a esse lugar sabe o que quer. Então não me preocupo com meu excesso de peso ou meus fios de cabelos brancos — artistas que assumem sua idade, só eu, a Fernanda Montenegro e a Laura Cardoso. Danço uma dança sem pé nem cabeça, vou inventando enquanto Roberto Carlos clama pela amada amante. Só assim, inventando o tempo todo, posso me esquivar daqueles apelos musicais tão sinceros quanto cínicos — onde já se viu cantor chamado de rei assumir publicamente amantes? Mas meu papel é não ceder ao clamor da realeza. Não ceder é o que vai me trazer clientes. Mas não hoje. Hoje quero aquele ali, encostado no espalmar da cadeira do balcão do bar, mão fechando a braguilha, testa suada, dois olhos em mim como se eu fosse Eva, a primeira mulher, e ele Deus, que não soube medir o poder que colocou na mulher. Acabo meu número. Desço do palco. Ando bem devagar entre as mesas. Alguns homens me passam a mão. Nem ligo. Hoje tenho um plano. Aproximo-me do bar. Há um cheiro forte de maconha e haxixe. As pessoas, clientes e putas, estão a combinar prazeres, para muitos a melhor fase da história toda. Chego perto dele, que me olha feito um bezerro. Passo a mão nos seus cabelos. Sobra gel nas minhas mãos. Ele puxa do nada um lenço branco marcado com o desenho de uma coroa inglesa. Limpa minha mão. Depois me sopra os olhos. Para ver se o que vê nos meus olhos é ele mesmo. Visto, se curva. Pega um bocado de amendoins. Compara-os como os bicos dos meus seios. Concordo com um sorriso. Sim são salgados. Depois me toca o ventre, sem pudor. Mas com tato. Ninguém nos vê. Não vemos ninguém. Ele paga a conta, inclusive o preço do quarto mal-ajambrado para o qual iremos. A porta se abre. A roupa de cama é amarelada e puída. As paredes despregam as inúmeras mãos de tinta. O chão está cheio de frestas e caminhos de baratas. Mas numa cadeira velha como eu há um coração vermelho onde se lê que qualquer maneira de amar vale a pena. Reconhecemo-nos naquele dizer, o único entre nós até aqui. Despimos nossas roupas com vontade. Ele vê meus pentelhos. Avisada pelo anjo, eu sabia que não era da sua predileção tanta mata. Mas quero lhe abrir o coração. Antes de lhe olhar, passo-lhe um aparelho depilador e peço que me faça conforme seu desejo. Eu de pé, ele sentado na cadeira. Ele não titubeia. São minutos de mãos firmes e respirações entrecortadas, meu sexo se expondo sem proteção nenhuma. Acabou, estou pronta. Olhamos para a cama. Mas agora há uma pausa. Não entre nós, mas entre mim, a narradora dessa história, e vocês que me leem. Nem tudo deve ser exposto, sobretudo quando somos o que somos, quero dizer, performances. Voltarei só quando Deus quiser. Verdade: há um Deus nessa história. Ele vem de vez em quando. Muitas vezes passa batido, mas vem. Como quando me ensina pela boca do meu anjo que se expor demais ninguém merece. É um Deus que não xinga, se pode ver. Torce por nós. Então voltarei quando ele quiser.

Valsa das bonecas

Bonecas são esculturas. Vinte e dois anos como bonequeira e sempre a repetir: bonecas são esculturas. Um mantra, se quisermos ler assim. Ela mesma pouco se explicava. Armava um croqui na forma de aquarela. Pintava da esquerda para direita. Depois voltava, num ziguezaguear que desarmava. As imagens lembravam Ludvig Karsen, o artista que morreu ao cair de uma escada. Mas ela também nada sabia do pintor norueguês, nem de suas esfumaçadas imagens que jogam na nossa cara que também somos esfumaçados. Ela simplesmente traçava um esboço nas folhas do bloco de papel canson. Não dizia palavra enquanto criava. Parecia uma louca no pintar e rasgar o que acabara de fazer. Folhas e folhas no cesto do lixo, para meu desespero: tudo era muito bonito porque eu não compreendia tudo. Ela se ria quando eu falava assim. Piscava um pouco seus olhos de amêndoas. Depois ajeitava o cabelo curtinho e balbuciava lentamente: é tão ruim a gente achar que está concluído! Passava para a fabricação das bonecas instruída pelo comportamento de lembrar, pensava eu. Eu via alguns esboços largados fora virarem algo rarefeito de pano. Mas me enganava. Seu *modus operandi* deixava claro que era o acaso que fazia um croqui aquarelado parecer com uma boneca. Ela rompia com todos os passos habituais de construí-la. 1. Ao invés de escolher a aparência desejada, deixava se levar pelo que sua mão conseguia dizer, tal como fazia quando pintava aquarelas. 2. Não desenhava o contorno em um pano branco, retalhava-o até produzir algo assim como uma ausência de figura. 3. Embaixo da camada de tecido não colocava nada exceto transparências. 4. Costurava ao redor da não figura e a abertura que deixava era só abertura mesmo, não serviria para enchimento. 5. Não soltava as costuras ao redor das curvas e dos cantos casuais para restar algo ainda se fazendo. 6. Não virava a boneca para o lado certo, sem costuras, como que a dizer que não há lado certo. 7. Nada de fibra de poliéster ou bolas de algodão para enchimento, se raio de sol pode ser chamado de enchimento, era isso que usava. 8. Não dobrava as dobras da abertura que, como já dito, ficaria sempre aberta. 9. As articulações dos braços e das pernas não eram necessárias de se fazer já que não havia braços e pernas. 10. Também nada de detalhes no rosto: não havia rosto. 11. Nem cabelos. 12. Ou roupas. 13. Pela abertura ficava olhando, olhando, como que a procurar um propósito para a existência da boneca. Sempre chamou de boneca o que fazia. Eu melhor me havia com a expressão *algo rarefeito*, que já usei antes. Ou *impressionismos*, por causa de Karsten. Mas ela apenas fazia as bonecas. Por um tempo dependurava-as em um varal na janela de seu quarto e deixava o vento soprá-las. Não as abandonava jamais, ao contrário do que fazia com as aquarelas. Puxava fumo nas meias noites e gostava de vê-las esfumaçadas. Depois cobria seu pequeno corpo nu com uma toalha de mesa — dizia que as estampas das toalhas são mais divertidas que as dos cobertores — e cerrava os olhos. Mas não dormia de imediato. Antes sorria de lado e via pescadores de pérolas tomando de assalto suas bonecas. Ficava feliz. Era para serem levadas que as fazia. Não gostava de vê-las na madrugada ainda esvoaçando na sua janela. Eu então vez ou outra as roubava. Mas não mentia. Dizia que foi mais forte do que eu. Ela embriagava-se de tanta felicidade. Era adepta das coisas esquivas e mais fortes do que nós. Logo se punha a fabricar outras. O mesmo processo. A mesma aplicação. O mesmo desejo de pôr tudo a perder. Ela se orgulhava de perder. Vivia da perdição. A roupa que sempre usou era muito limpa. Mas de uma limpidez transparente. Ela rodopiava dentro daqueles panos como se fosse o vento que na janela dava vida às suas bonecas. Nos sonhos entrava pela abertura que eles continham e se danava com a amizade entre um cão e uma coruja ou entre um gato e uma raposa — sempre achou que amizade é danação. Acordava tranquila para colocar a vida em dia. Mais bonecas. Faltava-me, porém, compreender por que bonecas são esculturas, enunciado que ela repetia feito um mantra. Um dia lhe perguntei o motivo. Ela me olhou com um pouco de medo. Era um medo de estar se expondo demais e por isso não estar a dizer nada de nada. Não queria ser empolada. Ou acadêmica. Ou ruim. Mas também não era tímida. Ou tácita. Ou má. Deu-me então um pouco de explicação. Disse-me com voz de mansa: modelo substâncias maleáveis, como se estivesse a esculpir sonhos — delírios e alucinações bem que também podemos cinzelar. Depois que me colocou a par de seu ofício de escultora, passamos toda uma noite a falar sobre coisas graciosas e coisas virulentas, embaralhando as duas para continuarmos vivos entre a dor e a alegria. Pedi-lhe que cantasse uma canção do seu gosto. Vieram *Volver*, com Estrella Morente, *Veja bem meu bem*, com Los Hermanos, *Clandestino* com Shakira e *Valsa das Flores* com Teixeirinha. Depois ela pediu que eu desvendasse o suicídio. Como fiquei em silêncio, ela me disse: está bem assim. Contei-lhe um sonho que tive: um jacaré usava sua cauda não para defesa ou para nadar, mas para se enforcar. Ela emendou: pois já sonhei que um pavão abre suas penas ultracoloridas de dois metros de comprimento para me atrair. Continuamos assim, enunciados de um lado e de outro, de tal forma imiscuídos que já não sabíamos mais quem era eu, quem era ela. Íamos.

Oferecer a outra face, até que ofereço, mas quando me dou conta o outro já saiu cagando e andando.

A lua e eu é sempre bom, sobretudo quando vislumbro que ela é esburacada feito o caminho das Índias.

Madalena — quem era mesmo?

Guardei de mau jeito aquela criança que fui, ando pensando em me esquecer.

A tal realidade é toda feita de pedaços.

Ser feliz ao menos uma vez — já não estaria bom?

Cada um tem um lugar no mundo, o difícil é sair dele.

Esquecer não é tão bom quanto lembrar?

O que chamamos de emoções reais bem pode ser balela.

Barcos sem cais.

Como saber se ficar não é solidão?

A leveza de espírito é a graça do samurai.

Espírito de porco não usa espada.

Sabe aquele dia em que nada dá certo? É o melhor.

Contou-me ainda que se cuidava: amêndoas todos os dias. Porque o coração e o cérebro gostam delas. Falou-me de um amor distante, mas ao alcance da mão — amor de vales. Já na madrugada me fez ver o barulhar das coisas — agora sim é que são elas. Olhou para a janela e identificou a mulher amada numa boneca, numa substância maleável. Foi quando se deu: morreu de um ataque cardíaco.

O arrepio das palavras

Então ele tira dos meus dedos a caneta que teima em não funcionar. Passa as mãos nos meus cabelos oleosos. Enxuga-as no seu avental amarelo-manga e aciona a boca do fogão. Ao bico do gás leva e faz girar a caneta. São giros de criança a aprender *pas de deux*. Mas quem está a bailar sou eu. O objeto de escrever termina quente e buliçoso nas minhas mãos. Ele senta ao meu lado. Espera que algo seja escrito. Mas não escrevo. Não tenho palavras. Elas não me veem. Como descrever a espera da palavra depois do que sucedeu? Como nomear o silêncio que há quando a chama a ressuscitar uma caneta já disse tudo sobre nós, sobre nós dois? Lembro-me de quando o conheci. Meu corpo sem veias fáceis era uma mostra da minha doença e de como a encarei. Ele não se deu por vencido. Passou longos minutos a tatear meu braço até comemorar: achei! Uma veia respondeu ao seu apelo tátil. Em seguida enxugou o suor que me tomava o rosto e tremeu um pouco. Pensei que era novo de profissão. Mas não. Estava a arrumar um modo de me dizer algo sem me machucar. Tal qual coleta sangue: a técnica é invasiva, mas não precisa machucar o outro, sempre argumentou. Acalmou-se. Fez seu serviço com presteza. Não me senti. Ele então apontou para o relógio da sala e perguntou-me as horas. Intrigado, respondi: quatorze mais quinze, repetindo um padrão de dizer as horas que aprendi com meu avô espanhol. Ele riu-se. Tocou meus cabelos oleosos pela primeira vez e me jurou:

— As horas rodam no relógio, mas não para mais; se você prestar atenção estão a dizer: menos um, menos um, menos um, menos um.

Olhei-o como quando olhava as mãos cheias de rugas do meu avô apontando os números no relógio e a articulação entre os ponteiros — quando aprendi a ler horas ainda não havia medidores de tempo digitais, parecia-me que o passar das horas era também uma amostra de que andamos em círculos. Mas nada comentei ali, naquela ambiência hospitalar, temia estar a acentuar que me restavam poucas voltas. Ele foi explícito:

— Sabe quando comecei a gostar de você?

Sem saber o que dizer, calei-me, olhos nos seus olhos. Ele continuou:

— Você estava na sala de espera, atordoado, percebi que notícia ruim fora dada; ainda assim, você se preocupava com a gravata, não acertava no nó, contorcia-se todo, até que um rapaz de bom tom lhe chegou e argumentou que era uma gravata italiana, o nó era duplo, fez-lhe o serviço, você o agradeceu e ficou a espiar o moço com um ar de tempo, será que ainda vou ter tempo?

Eu me embaracei todo depois de ouvi-lo. Mais um nó duplo difícil de armar? Ele foi adiante:

— Tem mais; ainda na sala de espera, já com a gravata em ordem, você pegou um caderninho e uma caneta do bolso da camisa e começou a escrever; alguém lhe perguntou se você era escritor e sua resposta foi deliciosa: sou não, escrevo o que me vem, mas só quando estou em nenhum lugar é que as coisas-palavras me veem, parece que é a escrita que quer me escrever.

Perguntei-lhe então se fazia sentido o que tinha escutado de mim. Ele aprumou-se:

— Claro, palavra é coisa porque age sobre nós, para o bem e para o mal, Santa Filomena, São Cristóvão e Santa Bárbara foram cassados pelo Papa Paulo VI — que tapa na cara de tantos fiéis — mas São Jorge foi salvo pela nação corintiana, desencantar o santo do time não daria muito certo; foi D. Paulo Evaristo Arns que argumentou junto ao santo padre a favor do Corinthians e conseguiu que o santo continuasse no calendário brasileiro — viu só que contra-ataque?

Quanto à escrita comandar o que escrevemos ele foi prático:

VALSA DAS FLORES 175

— Comanda, assim como uma luva que uso me ordena a obedecê-la ou um sonho se impõe durante o sono, a escrita é como um paraquedas aberto, mas que não garante aonde vamos cair.

Mas foi seu amor por jacas que me fez amá-lo. Dizia em alto e bom som as propriedades da fruta que me cabiam:

— É boa para energizar o corpo, fortalece o sistema imunológico e deixa os cabelos mais bonitos.

Essa última propriedade era a mais enfatizada — é faca quente na manteiga, dizia com seus olhos de enfermeiro que comigo foi se fazendo vinte e quatro horas por dia. Figo da Índia também lhe apetecia — nada melhor para higienizar as vias respiratórias. Aliás, sempre que comia um figo associava-o ao casamento: camas de solteiros e quartos separados mantém um casal higienizado — nada de escarros, peidos, tosses ou mudanças de posição que agridem as vias respiratórias, além de acordar o parceiro. Perguntava-lhe se não estava sendo higienista, um defeito da sua profissão. Ele não se alterava com a ponta de ironia contida na minha fala — eu estava já a ironizar o mundo:

— Querido, qualquer hábito que gere bem-estar pode ser chamado de higiênico, se você pensar melhor a cama de casal é um poço de mal-entendidos, lembra um pouco o paciente que marca psicoterapia sexta à noite ou sábado de manhã, já se vê que não tem cura.

Provocava-o nessas horas. Dizia-lhe palavras-coisas como: ir de biquíni num casamento, que mal tem? Ele se ria, mas não saía pela tangente:

— Então, a medida do bem-estar não está numa regra moral, mas no efeito saudável que ela produz na nossa vida, aliás biquíni num casamento na praia seria muito mais justo, não?

Agora era ele que ironizava. Eu insisti. Mas o que é saúde? Só pude vê-lo andar na direção da estante, percorrer o andar onde livros de poesia descansavam de seus leitores — não é fácil estar a mudar de estado a cada leitor — escolher um autor que lhe é caro, Paul Celan, e diante de meu corpo pequeno, mas atento, declamar com modulação de gestos e entoação dramática:

UMA VEZ, a morte era corrente,
Tu te escondeste em mim.

Abaixei a cabeça. Vi seus pés descalços imobilizados pelo que acabara de dizer. Saúde era então um jeito de se esconder da morte, o que só acontece quando há alguém que nos é esconderijo? Ele viu minha aflição. Disse que eu tinha razão, mas só pela metade. Abriu novamente o livro numa página já marcada. Leu agora com timidez, quase sem dramaticidade, como que envergonhado de si:

FOSTE MINHA MORTE:
Pude deter-te,
Enquanto tudo me escapava.

Sorri. De algum modo percebi que se eu estava doente, ele também estava perdido. O amor nasce então da perdição comungada pelos humanos? Ele não me respondeu. Passou a pentear-me exatamente como eu penteava minha avó louca que pedia que eu desfizesse seus longos cabelos brancos para logo em seguida lhe armar um coque romântico, difícil de fazer, por conta das muitas tranças, mas eu conseguia. Depois ela ia dormir assim penteada, com camisola branca e sem calcinha — ele pode chegar, dizia transbordando uma felicidade de doer. Sabíamos que não esperava por meu avô, com o qual continuava casada e repartia uma cama de casal. Quem chegaria? Assim como morreu sem repartir os segredos de suas receitas de doces de figo, de laranja e de mamão — seus poucos momentos de lucidez, sempre passados junto ao fogão — também levou consigo o segredo de quem viria apreciá-la na calada da noite. Ele já conhecia a história de minha avó. E torneava meus cabelos de modo a deixar-me com um toque romântico que nos aproximava. Falava-me então do seu desprezo por mim, pelo meu abandono da escrita, por eu ter deixado de fazer o que ajudaria a me manter vivo justamente quando estávamos bem, de corpo e de arrepios, que é com eles que se manifesta a alma. Respondia-lhe que a literatura não gera saúde, que é impotente para gerar qualquer mudança, que diante da morte o melhor é não adiá-la demasiadamente e que, não fosse ele, eu já seria apenas cabelos, células que não morrem. Ele não desistia:

— Você é um puta de um egoísta, não lembra que eu me alimento de você, que quero você vivo, que quando estou a lhe aplicar uma injeção é a mim mesmo que quero curar, que sem você sou só hóstia, sem nenhum sangue para me fazer vibrar, que estamos juntos não por conta de caridade, que essa é mesquinha e ignóbil, mas porque temos algo em comum: se não tentamos botar o mundo de ponta-cabeça ficamos doentes, se a literatura muda alguma coisa, disso não sei nada, mas sei que o que você escreve me talha, me deixa com as vísceras acesas, me é saúde, se você preferir.

Não lhe disse nada. E passaram-se uns bons dias até hoje, quando depois de ressuscitar a caneta com uma técnica da época de minha avó, ele se senta ao meu lado e vê comigo que as palavras não me veem. Deixa-me em paz, um jeito mais saudável de me apoiar. Aqui estamos, então, a cozinha nos foi sempre o lugar preferido em nossa casa. Enquanto ele prepara salada de pato com laranja — duas colheres de sopa de mel, duas de shoyo, quatro peitos de pato, duas laranjas, alface à vontade, cebolinha cortada de comprido também à vontade, e molho feito com vinagre balsâmico, óleo de gergelim e um pouco de açúcar — enquanto ele assim o faz, armando os ingredientes na medida que os nomeia para que eu seja seu cúmplice e apoio, minha escrita volta a me vir. Não como gesto de bondade — Clarice Lispector já escreveu que bondade dá ânsias de vômito. As palavras-coisas me veem gratuitamente. Eu estou totalmente envolvido com o ato de cozinhar a dois e completamente fora de lugar — a escrita não leva à lugar nenhum porque quem escreve não sabe aonde vai chegar. Se é assim, sem porto de chegada determinável, qualquer caminho que se tome pode ser bom, saudável. Também não podemos medir o peso do que escrevemos. Talvez o sentir, mas de forma imprecisa. O poeta Leonardo Tonus, que conheci vasculhando um sebo — é para lá que vão as poesias? — escreveu:

Eu não sei quanto pesa o arrepio das palavras
E também:
A premissa de toda escrita é o gesto
Não a palavra.

As palavras-coisas, como chamo o que produz um escritor, arrepiam porque surgem de gestos: armar um nó de gravata italiana, usar uma técnica invasiva sem machucar ninguém, exigir parceria no lugar de egoísmo, ler Paul Celan, fabricar coques românticos, dormir sem calcinha à espera de não se sabe quem, produzir salada de pato com laranja, ver o tempo em andamento, viver com a morte. Cada gesto me vem e me faz escrever. Vejo que escrevi muito apressadamente. O relato que faço começou depois dele chegar para me salvar curando minha caneta. Mas quando as palavras-coisas me tomam, elas me dominam, saem aos borbotões. Mas há também um outro motivo para elas virem assim. A mesa já está posta e preciso que ele me conte o que se passa no mundo para que eu possa continuar escrevendo. Só tomado pelo mundo posso dele me distanciar para escrever. Fiquei sem fazê-lo porque estava sucedendo uma história, a nossa história, e eu não sabia o que fazer com ela. O que sucedeu e me fez paralisado foram as duas notícias: de morte e de vida. Damo-nos os olhares, apreciamos a beleza da salada saudável e ele não diz palavra. Sabe que só eu posso transformar as coisas em palavras. Apenas roça minha perna, um gesto que ainda não consigo narrar direito. Faltam-me as palavras. Se há algo bom em escrever só pode ser isso: o momento em que faltam as palavras.

Imagem e semelhança

Se Deus existe, prefiro não incomodá-lo, deixá-lo em paz. Não quero amá-lo, nem odiá-lo. Que Ele se vire sozinho com o que é sua imagem e semelhança.

*Se há algo bom em escrever, só pode ser
isso: o momento em que faltam palavras.*

Este livro foi composto em Minion Pro
e impresso em papel pólen bold 90 g/m²,
em agosto de 2022.